KB131691

도쿄에선 단 한 끼도
대충 먹을 수 없어

일러두기

1. 영화·드라마 등의 작품명은 ' '로, 도서·신문·잡지명은 〈 〉로 표기했습니다.

2. 일본어의 한글 표기는 국립국어원의 외래어 표기법을 따랐습니다.

3. 맛집 정보에 표기된 '구글 키워드' 항목은 현지에서 길을 쉽게 찾을 수 있는 구글
   맵(Google Maps) 키워드로, 구글맵의 검색창에 해당 키워드를 입력하면 맛집의 위
   치가 뜹니다. 일부 맛집의 경우 GPS 좌푯값으로 대체했습니다.

4. 이 책에 실린 정보는 2023년 4월까지 수집한 정보를 바탕으로 하고 있습니다. 현
   지 사정에 따라 정보는 수시로 변동될 수 있습니다.

도쿄에선 단 한 끼도
대충 먹을 수 없어

먹는 것에 진심인 당신을 위한
미식 이야기

바이구이(by92) 지음

중앙books

미식 전문가 바이구이가 추천하는 도쿄 진짜 맛집 85

일본인의 식탁을 엿보다

일본인의 식탁이 아무리 서구화되었다 하더라도 일본 고유의 요리가 '와쇼쿠(和食, 일본 요리)'라는 것은 변치 않는 사실입니다. 와쇼쿠는 좁은 의미로는 가이세키 요리(懷石料理), 쇼진 요리(精進料理) 등 일본 전통 요리를 뜻하지만, 넓은 의미로는 오래전 일본으로 건너와 토착화된 외국 요리까지 전부 포함하는 말입니다.

재료 고유의 맛을 살리는 '뺄셈의 요리'

일본 고유 요리는 세월과 함께 점점 그 영역을 넓혀왔습니다. 하지만 변하지 않는 와쇼쿠의 본질이 있습니다. 바로 재료의 맛을 최대한 살린 조리법을 사용한다는 점이지요. 이는 돈부리모노(丼物, 덮밥), 뎀뿌라(天ぷら, 튀김), 가마메시(釜めし, 솥밥), 야키자카나(焼き魚, 생선구이), 사시미(刺身, 회), 스시(寿司, 초밥) 등 모든 음식에 적용되는 원칙입니다. 그래서 수많은 와쇼쿠 레시피에는 '재료의 맛과 우마미(うま味, 천연

의 재료에서 얻는 깊은 감칠맛)를 살린다'는 말이 늘 관용구처럼 따라 붙습니다.

혹자는 와쇼쿠를 두고 '뺄셈의 요리'라고도 합니다. 이런저런 양념과 고명으로 맛을 겹겹이 쌓기보다는, 원재료 본연의 맛을 살리기 위해 기타 불필요한 맛을 최대한 배제하기 때문입니다. 재료가 지닌 풍미를 최대한 끌어내는 데에 주력하다 보니, 양념이나 간은 어디까지나 재료를 돋보이게 하는 조연의 역할을 할 뿐입니다. 이렇게 양념과 간을 최대한 배제하는 까닭은 재료가 지니고 있는 풍성한 맛을 믿기 때문입니다.

와쇼쿠의 핵심

일본은 위아래로 길게 뻗은 지형 탓에 지역별로 기후와 풍토 차이가 매우 큽니다. 계절마다 지역마다 다채로운 채소와 과일, 육류를 얻을 수 있는 환경인 것이지요. 사면이 바다로 둘러싸여 있으니 싱싱한 해산물을 거의 실시간으로 공급 받을 수 있다는 장점도 있습니다. 이러한 자연환경이 일본인이 중시하는 '원재료 맛을 살린' 산해진미의 바탕이 되는 셈이지요.

지구과학과 미식을 연계한 책 다쓰미 요시유키(巽好幸, 지구과학자·고베대학 객원교수)의 〈와쇼쿠는 왜 맛있을까(和食はなぜ美味しい)〉에는 '와쇼쿠의 핵심인 재료의 맛은 지진 및 분화와 맞바꾼 결과물'이라는 말이 나옵니다. 화산 분화로 생긴 화산재(火山灰)가 스민 땅은 비옥해서 농작에 유리하다는 이야기인데요. 화산재가 쌓여 형성된 화산재토(火山灰土)는

특히 배수성이 뛰어난데, 양배추, 파, 무 등의 농작물이 자라기에 최상의 토지라고 합니다. 실제로 화산재토가 대부분인 간토(関東) 평야(도쿄 및 주변 6현에 걸친 일본 최대의 평야로 일본 농지의 4분의 1을 차지함)의 작물은 그 풍미가 유난히 좋습니다. 또한 근채류 농사에 적합한 적황색토(赤黄色土)가 있고, 수박, 토마토, 우엉, 시금치, 콩, 감자 등의 야채 농사에 최적인 사질토(砂質土)가 해안선을 따라 분포하는 등 다양한 성질의 토양을 두루 갖추고 있다는 것.

　　와쇼쿠의 맛을 좌지우지하는 또 하나의 요소는 앞서 언급한 우마미입니다. 이 우마미의 원재료가 바로 다시(だし, 맛국물). 다시에는 다시마(昆布, 곤부)로만 우린 곤부다시(昆布だし), 다시마와 가쓰오부시(鰹節, 가다랑어 살을 쪄서 말린 후 발효시킨 것)로 우린 다시, 다시마와 건표고 등으로 우린 다시가 있는데요. 이 셋의 공통점은 모두 다시마가 들어간다는 점입니다. 이 다시마 베이스의 다시가 양념, 국물, 소스, 가쿠시아지(隠し味, 숨겨진 밑간) 등 거의 모든 와쇼쿠의 맛을 결정한다고 해도 과언이 아닙니다.

　　다시마에서 최상의 우마미를 우려낼 수 있는 이유 중 하나는 일본 물에 있습니다. 다시마의 성분을 추출하기에 가장 좋은 물이 연수(軟水)인데, 일본의 물은 대부분 연수입니다. 어찌 보면 우마미는 주어진 자연 조건에 순응하며 자연스럽게 얻게 된 맛이라고 할 수 있지요. 와쇼쿠의 필수불가결 요소인 이 우마미는 'Umami'로 영어 사전에 등재되며 단맛, 신맛, 짠맛, 쓴맛과는 구분되는 일본 고유의 맛으로 세계 요식업계에 통하고 있습니다.

도쿄를 맛보다

미쉐린 가이드 평가에서도 도쿄(東京)는 2008년 파리를 제치고 세계 1위를 획득한 이래 16년 연속 세계 1위를 유지하고 있습니다. 세계 제일의 미식 도시라는 영광스러운 타이틀을 장기간 거머쥐고 있는데요. 미쉐린 평가가 맛을 평가하는 절대적인 기준은 아니지만, 콧대 높은 미식의 나라 프랑스의 평가이니 나름 유의미한 지표라 하겠습니다. 2013년에는 와쇼쿠(Washoku)가 유네스코 무형문화유산으로 등재되기도 했습니다. 도쿄 사람들의 가장 평범한 한 끼인 와쇼쿠가 도쿄 미식여행에서 필수불가결한 이유입니다.

이 책에는 도쿄로 여행을 떠나고자 하는 예비 여행자에게 와쇼쿠에 대한 이야기와 이를 충분히 경험해 볼 수 있는 85곳의 맛집 정보를 담았습니다. 맛집은 이미 관광객에게 인지도가 있는 식당부터 도쿄 현지인에게 주로 알려진 숨은 맛집까지 균형 있게 담고자 노력했습니다. 또한 책 전체를 읽지 않더라도 자신이 좋아하는 특정 음식 페이지만 펼쳐, 그음식의 역사와 문화, 맛집 정보를 얻을 수 있게끔 구성했습니다. 지금 당장 도쿄로 떠날 계획이 없는 사람들도 이 책을 통해 도쿄 음식을 상상하며 느낄 수 있으리라 생각합니다. 특히음식은 '한 끼 때우는 것'이 아니라 '누리는 것'이라고 생각하는 미식가라면, 또 도쿄 여행에서 최소 하루 한 끼는 제대로먹어야 한다고 믿는 사람이라면 이 책을 통해 진정한 미식의 즐거움을 맛보실 수 있을 겁니다.

곧 다가올 여름을 앞두고, 바이구이

차례

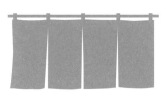

part 1

집밥이 그리울 땐 **생선구이**를

바삭한 한 입으로 하루의 시름을 잊게 되길, **덴푸라**

내 곁을 지키는 뭉근한 친구 같은 **카레라이스**

겉바속촉의 미학, **돈카츠**

겉은 소박하지만 속은 화려한 **햄버그스테이크**

마음이 헛헛할 땐 뜨겁고 얼얼한 **마파두부**를

집밥이 그리울 땐
생선구이를

사면이 바다인 섬나라 일본에서 생선은 가장 흔한 식재료 중 하나입니다. 일본인이 평소에 즐겨 먹는 와쇼쿠에도 생선이 단골 재료로 등장합니다. 일반적으로 즐겨 먹는 생선 요리에는 생선구이(燒魚, 야키자카나)와 생선조림(煮魚, 니자카나), 생선회(お刺し身, 사시미) 등이 있습니다. 쓰케모노(漬け物, 야채 절임)와 미소시루(味噌汁, 장국) 등을 곁들인 소박한 한 끼 정식, 생선구이 정식과 사시미 정식을 맛볼 수 있는 와쇼쿠야(和食屋, 와쇼쿠를 파는 식당)는 도쿄에 셀 수 없이 많습니다. 이 중에는 고급 식당도 있고 허름한 밥집도 있습니다. 하지만 고급 식당의 코스 요리보다 평범한 밥집에서 합리적인 가격의 와쇼쿠를 즐기는 것이 일본인의 와쇼쿠를 제대로 체험하는 길입니다.

지어 보지 못했습니다.

도쿄에서 생선구이 정식 맛집을 꼽는 것은 우리나라에서 된장찌개 백반 맛집을 꼽는 것만큼 어렵습니다. 생선구이 정식은 도쿄 어디에나 흔히 있는 일상적인 메뉴이니까요. 도쿄를 여행하다가 평범한 동네 밥집이 보이면 한 번쯤 들어가 생선구이 정식을 먹어보세요. 따스한 엄마의 집밥이 떠오를 겁니다.

생선구이를 먹는 팁 하나. 생선구이에는 반드시 간 무가 함께 제공되는데요. 무 위에 간장을 살짝 뿌린 후 생선 위에 올려서 먹으라는 뜻입니다. 맛 때문만이 아닙니다. 무에 소화작용을 돕는 디아스타아제가 들어있어서 생선과 곁들여 먹는 것입니다. 무는 생선의 탄 부분에 남아있을 수 있는 미량의 발암 성분을 없애주기도 해 와쇼쿠에서 생선구이를 먹을 때는 반드시 간 무를 곁들인답니다.

By92 추천

도쿄 생선구이

맛집

이즈노슌 얀모

伊豆の旬 やんも

　　　　　　도쿄 사람들도 아는 사람만 아는 미나미아오야마 (南青山)의 맛집입니다. 주야장천 이 집만 찾는 단골손님이 많아 점심시간엔 서두르지 않으면 긴 줄을 서야 합니다. 본래 갓포 요리(割烹料理, 가이세키 요리, 쇼진 요리 등 고급 일본 요리) 및 향토 요리 전문점이지만, 점심시간에는 야키자카나(焼き魚, 생선구이)와 니자카나(煮魚, 생선조림)를 먹기 위해 방문하는 사람들로 붐비기 때문입니다.

　　　　　　구운 생선 즉, 야키자카나의 종류는 생선을 숯불에 굽는 방법에 따라 세 가지가 있습니다. 소금 간만 해서 굽는 '시오야키(塩焼, 소금구이)', 유안지(幽庵地, 간장·술·미림·유자 등으로 만든 양념장)를 발라 굽는 '유안야키(幽庵焼き)', 사이쿄미소(西京味噌, 간사이지방 고유의 단맛 된장)를 발라 굽는 '사이쿄야키(西京焼き)'입니다. 대체로 생선 고유의 고소한 풍미를 살릴 때는 소금구이로, 다소 비린내가 강한 생선일 때는 유안야키나 사이쿄야키로 구워냅니다.

　　　　　　은은한 유자향이 밴 유안야키와 달달하고 구수한 미소 맛과 어우러진 사이쿄야키 모두 맛있지만, 심플하게 소금만 뿌려 구워낸 고등어 소금구이는 특히 부드럽고 입에 착 달라붙는 맛입니다. 완벽하게 불길을 받아 속살은 부드럽고 껍질은 바삭한 고등어 한 조각에 레몬즙과 간장을 살짝 뿌린 무를 올려 먹으면 그야말로 진미입니다. 육즙 가득한 고등어, 따끈하고 찰진 밥, 다양한 재료로 풍성한 맛을 낸 미소시루를 먹다 보면, 한 공기로는 끝내기 힘들어지지요. 다행히 밥과 미소시루는 얼마든지 리필이 가능합니다.

주소　港区南青山5-5-25 南青山郵船ビルT-PLACE A棟 B1F
찾아가는 법　지하철 긴자센(銀座線) 또는 지요다센(千代田線)
　　　　　　한조몬센(半蔵門線) 오모테산도(表参道)역 지하통로
　　　　　　A5를 따라 도보 2분
홈페이지　https://www.yanmo.co.jp/
구글 키워드　yanmo tokyo

바삭한 한 입으로 하루의 시름을
잊게 되길, **뎀뿌라**

도쿄의 향토요리이자 소바, 스시와 함께 '에도 노 산미(江戶の三味, 에도(도쿄)를 대표하는 세 가지 요리)' 가운데 하나로 불리는 뎀뿌라. 주식으로는 물론 주전부리로도 빠지지 않는 이 뎀뿌라를 일본인이 언제부터 먹어 왔느냐에 대해서는 여러 설이 있습니다. 나라(奈良) 시대라는 설도 있고, 16세기 즈음 포르투갈인 선교사가 서구의 프리터(Fritter, 걸쭉한 반죽에 저민 음식을 결합시키거나 걸쭉한 반죽을 입혀서 튀긴 것) 조리법을 일본에 전한 것이 처음이라고 보는 시각도 있습니다. 뎀뿌라라는 이름은 포르투갈 템페로(Tempero, 양념·조미라는 뜻)에서 유래했다는 것이 정설. 어찌되었든 지금의 가장 보편적인 형태의 뎀뿌라가 확산되기 시작한 시기는 에도 시대(江戶, 1603~1867) 중기쯤으로 봅니다.

　　기름이 귀했던 나라 시대까지만 해도 상류층 음식이었던 덴뿌라는 에도 중기부터 대중에게 확산되었습니다. 물류가 원활해짐에 따라 각지의 생산물이 에도로 집중되었고 재료와 기름을 쉽게 확보할 수 있게 되면서, 스시, 소바, 우나기(鰻, うなぎ, 장어)처럼 덴뿌라도 야타이(屋台, 본래는 서서 먹는 이동식 작은 가게. 포장마차와 유사)에서 파는 대중음식이 되었기 때문입니다. 에도 시대 사람들은 갓 튀겨낸 덴뿌라를 야타이 앞에 둘러서서 덴쓰유(天つゆ, 튀김을 찍어 먹는 국물)에 찍어 먹곤 했습니다.

　　지금의 덴뿌라도 크게 다르지 않습니다. 동네 슈퍼마켓이나 편의점, 상점가 반찬가게에서 쉽게 구할 수 있는 일상적인 먹거리입니다. 가정에서도 자주 만들어 먹는 와쇼쿠 가운데 하나이고요. 물론 튀김 장인(天ぷら職人, 덴뿌라 쇼쿠닌)이 있는 덴뿌라 전문점에서는 가격이 1만 엔대를 훌쩍 넘어가고, 더러는 수만 엔대인 곳도 있습니다. 대신 비싼 돈을 지불하는 만큼, 카운터 자리에 앉아 덴뿌라 장인의 솜씨를 단독으로 감상하며 설명도 듣고 맛도 음미하는 호사를 누릴 수 있습니다.

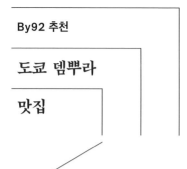

By92 추천

도쿄 뎀뿌라

맛집

뎀뿌라테잇소쿠

車海老専科 天麩羅手一速

제일 먼저 소개해 드릴 곳은 고급 뎀뿌라 전문점이 아닙니다. 여행자라면 여간해선 갈 일이 없는 신바시(新橋)의 끝자락 한적한 길목에 있는 아주 작고 평범한 뎀뿌라 전문점입니다. '구루마에비센카 뎀뿌라 테잇소쿠(車海老専科 天麩羅手一速)'라는 간판만이 눈길을 끕니다.

뎀뿌라 전문점치고 저렴한 가격대라 주눅 들 일 없어 편안한 마음으로 들어갈 수 있는 집입니다. 하지만 일류 뎀뿌라 전문점 못지않게 야채와 해산물의 질이 좋습니다. 특히 오징어를 먹여 키웠다는 구루마에비(車海老, 참새우) 뎀뿌라의 맛이 훌륭합니다. 따로 내주는 참새우 머리 튀김은 이 세상 고소함을 다 모아 놓은 것 같은 맛입니다. 튀김뿐만 아니라 미소시루도 밥 생각이 절로 날 정도로 국물 맛이 깊고 시원합니다. 도쿄 도심에서 이 가격에 이 정도 고퀄리티 뎀뿌라를 맛볼 수 있는 전문점은 흔치 않습니다. 평소 뎀뿌라를 잘 먹지 않았던 사람도 신선한 야채와 풍미 좋은 해산물에 얇은 튀김옷을 입혀 갓 튀겨낸 이 집 뎀뿌라에 혹하지 않을 수 없습니다. L자형 카운터 자리 10석이 전부지만 한산한 편이라 자리가 없어서 못 먹을 일은 없습니다. 꼭 한 번 방문해보기를 추천합니다.

주소　新橋 5-5-5 1F
찾아가는 법　JR 신바시(新橋)역에서 도보 8분
홈페이지　instagram.com/teissoku
구글 키워드　teissoku

내 곁을 지키는 뭉근한 친구 같은
카레라이스

　　일본의 유명 식품회사 S&B의 조사에 따르면 일본인은 주 평균 1회 이상 카레를 먹는다고 합니다. 그만큼 카레는 일본인에게 아주 일상적인 먹거리입니다. 그런데 일본의 '카레'는 카레의 본고장인 인도의 '커리'와 다릅니다. 한 인도인이 일본에 와서 카레라이스를 먹고는 "이 맛있는 요리의 이름이 무엇이냐"고 물었다는 웃지 못할 이야기가 있습니다. 그만큼 일본식 카레는 맛도 형태도 본토인 인도의 커리와는 차이가 있는데요. 카레가 일본으로 건너온 지 1세기가 넘는 유구한 세월 동안, 변신에 변신을 거듭하면서 일본만의 조리법이 생겼고, 이제 카레라이스는 일본 사람 그 누구도 외국 음식이라고 생각하지 않는 와쇼쿠가 되었습니다.

　　카레라이스를 처음 일본으로 전한 나라는 인도가 아

닌 영국이라는 것이 정설입니다. 인도가 영국령이었던 메이지 시대(明治, 1868~1912)에 인도요리를 기반으로 한 영국의 '커리드라이스(Curried Rice)' 혹은 '커리 앤 라이스(Curry&Rice)'가 일본으로 전해지며 일본 카레라이스의 원형이 되었다는 것. 일본 카레라이스는 대개 며칠간 뭉근하게 끓이는 방식으로 조리하여, 인도 커리와는 달리 상당히 걸쭉합니다. 예전 영국 해군함 식당에서 배의 흔들림에 대비해 카레를 덜 흘리게끔 조리한 방법이 그대로 일본에 들어왔기 때문이라고 합니다.

일본식 카레라이스의 역사는 영국 식품회사 크로스&블랙웰(Crosse&Blackwell)이 개발한 '커리파우더'가 일본에 들어오면서 시작됐습니다. 1877년 도쿄의 요네즈후게츠도(米津風月堂)라는 프렌치 식당에서 대중에게 첫선을 보였고, 1889년 고베(神戸)의 오리엔탈 호텔(オリエンタルホテル)에서 호텔 메뉴에 올랐습니다. 이후 1903년 일본판 '카레파우더'가 처음으로 발매되었고, 1906년 고형 '카레 루(Curry Roux)'가 등장했습니다.

고형 카레 루의 등장이야말로 카레라이스의 발전에 혁혁한 공을 세웠습니다. 지금은 식당에서나 가정에서나 직접 양념을 조합하여 자체적으로 카레를 끓이는 경우가 많아졌지만, 전에는 모두 고형 '카레 루'로 카레라이스를 만들었습니다. 카레라이스가 식당뿐만 아니라 일반 가정의 식탁에까지 올라올 수 있었던 이유가 바로 이 카레 루 덕분이라고 할

수 있습니다. 1950년대 발매된 하우스식품(ハウス食品)의 바몬드카레(バーモンドカレー)와 에스비식품(エスビー食品)의 골든카레(ゴールデンカレー) 등이 카레라이스의 대중화에 기여한 카레 루 1기 제품들입니다. 카레 루 1기는 순한 맛이 주류였지만, 1960년대 후반 카레 루 2기부터는 매운맛이 추가되는 등 다채로운 제품이 시장을 리드해 나갔습니다. 그리고 1970~80년대에는 플레이크 혹은 건더기 타입 등 고품질 재료로 깊은 맛을 낸 프리미엄 제품군이 등장했습니다.

오늘날 도쿄의 카레라이스는 종류도 무궁무진하고 가격도 몇백 엔에서 몇천 엔까지 다양합니다. 고급 프렌치 식당에서는 코스의 시메(締め, 마무리 식사 메뉴)로 주방장 특제카레를 내놓기도 합니다. 하지만 도쿄 사람들이 가장 즐겨 찾는 카레는 역시 그들 생활반경 내에 있는 카레라이스일 터. 그러니 도쿄 사람들의 일상 속에 있는 인기 카레라이스집 위주로 드셔 보셨으면 합니다.

도쿄 카레라이스

맛집

세븐즈 하우스

세ブンズハウス, The Seven's House

세븐즈 하우스는 대학교와 출판사가 밀집해 있는 간다진보초(神田神保町)의 가쿠시카이칸(学士会館, 학사회관) 안에 있는 식당입니다. 파스타나 햄버그스테이크 등을 파는 양식당인데, '크라크 카레(クラークカレー)'라는 카레라이스가 현지인 사이에서 맛있기로 정평이 나 있습니다.

크라크 카레라는 이름의 유래는 근대화 시기로 거슬러 올라갑니다. 근대화 시기 삿포로농학교(札幌農学校, 현 홋카이도대학의 전신) 창시자였던 윌리엄 스미스 클라크(William Smith Clark)교수가 당시 제자들에게 영양식으로 카레라이스를 적극 권했고, 이후 학교 구내식당에서 팔던 카레라이스가 크라크 카레로 불리게 되었다고 합니다. 홋카이도 대학 구내식당에는 지금도 이 메뉴가 있습니다.

크라크 카레를 주문하면 잡곡밥과 얇게 슬라이스한 스테이크, 당근, 감자, 가지, 피망 등의 향이 진한 유기농 야채를 올린 접시가 나오고, 카레는 다른 그릇에 따로 담겨 나옵니다. 오랜 시간 공들여 끓인 카레는 구수한 맛과 단맛, 신맛, 살짝 매운맛이 한데 어우러져 깊은 맛을 냅니다. 점심시간에는 카레와 샐러드, 커피로 구성된 세트 메뉴를 합리적인 가격에 맛볼 수 있고, 디너타임에는 토핑 종류가 추가되어 맛이 더 풍성해진 카레를 즐길 수 있습니다. 애프터눈티 타임에 파는 디저트도 인기 메뉴입니다. 쇼트케이크, 푸딩, 가토 쇼콜라만을 먹으러 오는 사람도 많습니다.

1928년에 지어져 높은 천장과 클래식한 가구, 조명들로 중후한 멋을 풍기는 식당 건물은 니혼바시타카시마야(日本橋高島屋)와 데이코쿠호텔 신관(帝国ホテル新館) 등을 설계한 일본 건축계의 거장 다카하시 데타로(高橋貞太郎)의 걸작 중 하나로, 운치 있는 가운데 편안한 분위기도 커다란 매력 중 하나입니다.

주소 千代田区神田錦町3-28 学士会館 1F
찾아가는 법 지하철 미타센(三田線) 또는 신주쿠센(新宿線) 또는 한조몬센(半蔵門線) 진보초(神保町)역 A9 출구에서 도보 1분
홈페이지 https://www.gakushikaikan.co.jp/restaurant/sevenshouse/
구글 키워드 The Seven's house

산초메 노 카레야 상

3丁目のカレー屋さん

교바시(京橋)에서 니혼바시(日本橋)로 향하는 길목은 에도 시대부터 고미술상과 화랑이 많아 화가, 도예가, 서도가 등이 모이는 거리였습니다. 그래서인지 예술적 안목이 있는 사람들의 까다로운 입맛을 충족시키는 맛집이 많았습니다. 예전만큼은 아니지만 지금도 이곳은 서화나 도예품을 보러 오는 사람들의 발길이 끊이지 않고 맛집도 많습니다. 그중 사흘 동안 끓여 숙성시킨 카레를 파는 산초메노카레야상(3丁目のカレー屋さん)을 소개합니다.

이곳은 일반 카레가 아닌 '야키카레(焼きカレー)'를 파는 집입니다. 야키카레는 뜨끈한 밥 위에 다양한 양념으로 깊은 맛을 낸 카레 소스를 올리고, 다시 그 위에 고소한 치즈를 듬뿍 올려서 오븐에 구워낸 카레입니다. 오래 익혀 야들야들해진 소고기도 카레 안에 들어 있습니다. 풍미 좋은 카레 맛이 고기와 밥에 깊이 배어 있고, 그 위에 고소한 치즈가 더해지니 누구라도 홀딱 반할 맛. 그 맛이 워낙 훌륭해서 동네 사람들에게 근처 맛집을 물으면 누구나 이 식당을 추천해줄 정도입니다.

12년간 카레를 만들어온 주인장 오사와 유지(大沢悠二)는 "날씨에 따라 다르게 조리할 만큼 아주 섬세한 음식이 카레"라고 말합니다. 그런 그가 혼신의 힘을 다해 만드는 야키카레는 '야키치즈 비프카레(焼きチーズビーフカレー)', '시푸드카레(シーフードカレー)', '뿌리채소와 버섯 카레(根菜とキノコのカレー)', '야채카레(菜色カレー)' 등으로, 토핑 재료와 카레의 맛이 각각 다릅니다. 각각의 카레를 만드는 과정이 워낙 복잡하고 오래 걸리다 보니 저녁시간 운영은 주 사흘만 합니다. 오피스가의 밥집으로는 드물게 클래식 음악이 흐르는 가운데 진미 카레를 만끽할 수 있는 곳이기도 합니다.

주소　中央区京橋3-9-9 ウィンド京橋ビル B1F
찾아가는 법　지하철 아사쿠사센(線) 다카라초(宝町)역 A4 출구에서 도보 1분. 또는 긴자센(銀座線) 교바시(京橋)역 출구1 도보 2분. 또는 유라쿠초센(有楽町線) 긴자잇초메(銀座一丁目)역 출구10 도보 4분
구글 키워드　3tyoumecurry

겉바속촉의 미학, **돈카츠**

외국에서 들어왔지만 일본에서 새롭게 고안되어 와쇼쿠로 정착한 요리를 요오쇼쿠(洋食, 양식 혹은 서양풍 요리의 총칭)라고 합니다. 이 요오쇼쿠에서 카레라이스, 고로케(コロッケ, croquette, 크로켓)와 함께 3대 메뉴로 꼽히는 것이 돈카츠(とんかつ, 豚カツ, トンカツ). 초기에는 돼지고기를 볶고 굽는 '포크 소테(pork saute)' 방식으로 조리했는데, 긴자(銀座)의 노포 양식당 렌가테이(煉瓦亭, 1895년 창업. 2023년 한일 정상의 2차 만찬 장소)의 창업자가 조리 시간을 줄이기 위해 뎀뿌라처럼 재료에 튀김옷을 입혀 튀기는 방식을 도입했습니다. 이것이 오늘날 돈카츠의 원형입니다.

돈카츠는 1872년 출판된 가나가키 로분(仮名垣魯文)의 〈서양요리통(西洋料理通)〉에 '포크 코츠레토레츠(ポークコツレ

トレツ, 'pork cotelette'의 일본식 발음)'라는 이름으로 처음 소개되었습니다. 하지만 돈카츠를 일반 식당에서 판매하기 시작한 것은 1900년대 초 카츠레츠야(カツレツ屋)라는 식당에서, 돈카츠(とんかつ)라는 이름으로 메뉴에 오르기 시작한 것은 1920년대 우에노(上野) 일대에 문을 연 라쿠텐(楽天), 기하치(喜八), 폰치켄(ポンチ軒) 등의 식당에서였습니다.

돈카츠라는 명칭은 프랑스 요리 '커틀레트 드 포르 파니(cotelette de porc paner, 뼈가 있는 돼지고기 튀김이라는 뜻)'에서 유래했습니다. '커틀레트'가 '카츠레츠'로 바뀌고, 여기에 일본어 '돈(豚, 돼지고기)'이 붙어 '돈카츠'라고 불리게 된 것. 또 돈카츠집에서 흔히 보는 메뉴인 로스카츠(ロスカツ)는 1905년 창업한 우에노 폰다(ぽん多)의 주인장 시마다 신지로(島田信二郎)가 '포크카츠(ポークカツ)'라는 이름으로 판매한 것이 최초입니다. 히레카츠 역시 우에노의 호라이야(蓬莱屋)라는 식당이 원조. 히레카츠가 등장한 계기가 재미있습니다. 다이쇼(大正, 1912~1926) 초기 한 정육점 주인이 히레(ヒレ, 안심)가 팔리지 않아 자꾸 재고가 쌓이자 해결책으로 낸 것이 히레카츠였습니다. 돈카츠와 함께 먹는 센기리 카베츠(千切りキャベツ, 아주 가늘게 채썬 양배추)는 앞서 언급한 노포 렌가테이의 아이디어였지요. 이렇듯 돈카츠는 긴 시간의 탐구와 노력, 진화를 거듭한 끝에 오늘날 일본인의 국민 음식 대열에 끼게 된 메뉴입니다.

By92 추천

도쿄 돈카츠

맛집

이마카츠

イマカツ 六本木本店

2015년 미쉐린 가이드의 빕 구르망(합리적인 가격과 훌륭한 맛을 두루 갖춘 곳에 부여하는 등급)에 선정된 이마카츠 롯폰기 본점(イマカツ 六本木本店)은, 치킨카츠를 좋아하는 사람에게 꼭 권하고 싶은 집입니다. 빕 구르망에 올라간 메뉴는 사사미카츠 정식(ささみかつ膳)으로, 도톰하고 촉촉한 닭고기와 얇고 바삭한 튀김옷의 조화가 훌륭한 치킨카츠입니다. 육즙이 달아나지 않도록 최소한의 가열로 단시간에 튀겨내서인지 고기가 퍽퍽하지 않고 부드러우며, 닭고기 비린내도 전혀 나지 않습니다. 여러 매장을 운영하는 가게 특유의 정형화된 맛이 아닌, 섬세하게 공을 들인 맛과 풍미입니다. 고시히카리(コシヒカリ, 동북지방 이남 일본 각지에서 재배되는 쌀 품종)로 만든 밥맛도 무척 좋습니다.

근처 회사원들이 주로 찾아 한 끼를 때우는 소박한 밥집인데, 빕 구르망 선정으로 널리 알려지며 여행자 손님이 많이 늘었습니다. 여행자에게 접근성이 좋은 편은 아니지만, 긴 줄을 서야 하는 고급 돈카츠 식당보다 합리적인 가격에 훌륭한 맛을 내는 이곳이 더 나은 선택일 수 있습니다. 긴자, 진보초(神保町) 외에 싱가포르에도 매장을 둔 나름 글로벌한 밥집입니다. 롯폰기 본점은 다소 좁고 어수선한 편이지만 맛을 위해 감수할 만합니다.

주소 港区六本木4-12-5 フェニキアルクソス 1F
찾아가는 법 지하철 히비야센(日比谷線)이나 오에도센(大江戸線) 롯폰기(六本木)역 7번 출구에서 도보 2분. 또는 지요다센(千代田線) 노기자카(乃木坂)역 2번 출구에서 도보 8분. 또는 난보쿠센(南北線) 롯폰기잇초메(六本木一丁目)역 1번 출구에서 도보 12분
홈페이지 http://www.grasseeds.jp/imakatsu/
구글 키워드 이마카츠 롯폰기

돈카츠 돈키

とんかつ とんき

1939년 문을 연 '돈카츠 돈키'는 여행자에게도 잘 알려진 노포이고, 도쿄 사람들에게도 오래도록 사랑 받아온 집이지만, 호불호가 극명하게 갈리는 곳입니다. 최고로 치는 이가 있는가 하면 혹자는 줄까지 서서 먹을 맛은 아니라고 혹평하기도 합니다. 그럼에도 '도쿄 돈카츠 리스트'에서 빼놓을 수 없는 집입니다. 지금처럼 바삭하고 두툼한 빵가루가 입혀진 돈카츠가 대세가 되기 이전, 얇고 단단하게 묻힌 빵가루와 고기에 기름기가 거의 없는 돈카츠가 주류였던 시절부터 도쿄 사람들의 입맛을 사로잡아 온 곳이기 때문입니다. 도쿄 사람들에게는 이것이 돈카츠의 원형인 셈. 특히나 어릴 때부터 이런 돈카츠를 먹어온 세대에 사랑받는 집입니다. 이 집에 대한 호불호가 갈리는 것은, 마치 서울 주교동의 '우래옥' 불고기를 최고로 치는 사람이 있는가 하면, 달콤해서 별로라는 사람도 있는 것과 비슷합니다.

두툼한 빵가루에 익숙한 사람은 처음 이곳 돈카츠 맛을 보고 갸우뚱할 수도 있지만, 튀김옷이 얇은 만큼 고기 맛이 돋보이니 더 좋아할 수도 있습니다. 이 집은 카운터 석이 항상 눈이 부실 정도로 깔끔하고, 주방 안 요리사들이 일사불란하게 움직이는 것도 훤히 들여다 보여 참 좋습니다.

돈카츠는 160도의 라드(돼지의 지방을 녹인 기름)에 천천히 튀겨내므로 주문 후 서빙까지 20~30분은 족히 걸립니다. 점심엔 문을 열지 않고 오후 4시에서 10시 무렵까지만 여는 탓에 늘 긴 줄을 감수해야 하는 것이 단점. 그럼에도 돈카츠 탐험가라면 가볼 만한 노포 돈카츠 전문점입니다.

주소 目黒区目黒1-1-2
찾아가는 법 JR 메구로(目黒)역 서쪽 출구에서 도보 2분. 또는 지하철 미타센(三田線)이나 난보쿠센(南北線) 메구로(目黒)역에서 도보 3분
홈페이지 https://twitter.com/tonkatsu_tonki_
구글 키워드 돈카츠 톤키 메구로 본점

겉은 소박하지만 속은 화려한
햄버그스테이크

일본에서 남녀노소를 불문하고 인기가 좋은 햄버그스테이크(ハンバーグステーキ) 역시 서양에서 유래한 와쇼쿠입니다. 서양 요리에서 힌트를 얻었지만 긴 세월을 거치면서 일본인의 기호에 맞게 독자적인 진화를 거듭한 끝에 지금의 햄버그스테이크가 되었습니다. 레시피는 1905년 발간된 〈구미요리법전서(欧米料理法全書)〉에 처음 소개됐지만, 대중에게 알려진 것은 이로부터 한참 후인 1920년대. 사실 햄버그스테이크가 언제 처음 등장했는지 구체적으로 알려지지 않았습니다. 하지만 오사카(大阪)와 고베 등지의 양식당에서 시작됐다는 것이 정설입니다. 햄버그스테이크가 본격적으로 전국에 확산된 계기는 여타 요오쇼쿠와 마찬가지로 1950년대 전후로 도입, 확산된 학교 급식의 단골 메뉴가 되

면서부터인데요. 고도성장기로 들어선 1960년대부터는 인스턴트 제품의 대량 생산이 시작되면서, 가정의 식탁에도 깊숙이 침투하게 되었습니다. 한편, 이즈음 미국에서 햄버거 브랜드와 패밀리레스토랑이 속속 들어오면서 햄버그스테이크의 인기가 폭발하기 시작했습니다.

하지만 일본의 햄버그스테이크는 독일에서 유래되었다는 견해가 우세합니다. 18세기경 독일 함부르크에서 고기를 다져서 삶거나 구워서 먹는 향토요리가 큰 인기를 끌었는데, 이 요리가 훗날 이민자에 의해 미국으로 전파되며 '함부르크풍 스테이크'라는 이름을 얻게 되었다는 것. 이것과 유사한 형태의 요리가 메이지 시대(明治, 1868~1912)에 일본 레스토랑에서 제공되었다는 기록이 있습니다. 당시엔 이 요리를 '저먼 볼(ジャーマンボール)', '민치 볼(민스볼, ミンチボール, mince ball)'로 부르기도 했습니다.

이후 소고기 100%로 만든 고급 햄버그스테이크를 판매하는 식당들도 등장했습니다. 하지만 학교 급식이나 집밥 같은 일상적인 요리로 시작한 만큼, 햄버그스테이크는 일본인에게 가장 소박한 끼닛거리 가운데 하나입니다. 다양한 곳에서 맛볼 수 있지만, 특히 요오쇼쿠야(洋食屋, 양식당)에서 파는 햄버그스테이크들이 대체적으로 맛이 좋습니다. 어떤 요오쇼쿠야에 들어가든 거의 실패할 일이 없는 메뉴가 햄버그스테이크.

햄버그스테이크는 소고기와 돼지고기를 배합한 스테

이크, 100% 소고기만으로 만든 스테이크 등 종류가 다양한데요. 이 중에서 쓰나기(つなぎ, 재료들을 뭉치기 위한 우유·두유·달걀 등의 부재료)를 전혀 사용하지 않고 100% 소고기만으로 만든 햄버그스테이크는 레어, 미디엄 레어 등 취향에 따라 다양한 굽기로 즐길 수 있습니다. 평소 레어나 미디엄 레어의 스테이크를 즐기는 사람이라면 햄버그스테이크 역시 레어나 미디엄 레어로 먹는 것을 추천합니다.

By92 추천

햄버그스테이크

맛집

리틀리마

リトルリマ, Little Lima

　　　　리틀리마는 1975년 문을 연 뎃판야키(鉄板焼き)집으로, 곳토도오리(骨董通り)의 화려한 분위기와 달리 수수한 느낌이 나는 식당입니다. 많은 햄버그스테이크 식당 중에서 이곳을 추천하는 이유는 단 하나, 탁월한 맛입니다. 이곳 햄버그스테이크는 일본 3대 와규(和牛, 일본의 토종 소) 중 하나인 고베규(神戸牛) 100%를 사용하는데요. 고베규는 맛이 좋기로 정평이 난 고기입니다. 미국 NBA의 전설 코비 브라이언트(Kobe Briant)의 이름이 '고베'의 영어식 표현인데, 코비의 아버지가 고베규의 맛에 반해 아들의 이름을 그렇게 지었다고 할 정도입니다.

　　　　햄버그스테이크에 끼얹은 다레(タレ, 소스) 맛도 특별합니다. 어떤 음식이든 다레를 사용하는 노포 중에는 원래의 소스에 계속 새로운 소스를 더해 나가는 방식인 '쓰기타시(継ぎ足し)'를 고수하는 집이 많은데, 이 집 데미글라스 소스도 그런 방식으로 수년간 만들어진 다레입니다. 소고기에 마늘, 생강, 양파 등을 넣고 열흘 이상 끓인 최초의 다레를 15년간 '쓰기타시'해 온 데미글라스 소스이니, 그 깊은 맛과 농후함은 두말할 필요가 없습니다.

　　　　프라이팬과 오븐에 번갈아 구운 이곳의 햄버그스테이크는 안에 육즙이 가득 고여 있어 더욱 맛있습니다. 이 햄버그스테이크를 밥과 미소시루, 포테이토 샐러드와 함께 먹다 보면 입가에 미소가 절로 번져요. 햄버그스테이크 메뉴로 오랜 세월 사랑받아 온 아자부주반(麻布十番)의 인기 노포 '에도야'가 문을 닫은 후 갈 곳이 없어진 사람이라면 더욱 반가울 식당.

주소　港区南青山5-12-2 倉沢ビル B1F
찾아가는 법　지하철 긴자센(銀座線) 또는 지요다센(千代田線) 한조몬센(半蔵門線) 오모테산도(表参道)역 B3 출구에서 도보 8분
구글 키워드　little lima minamiaoyama

마음이 헛헛할 땐 뜨겁고 얼얼한
마파두부를

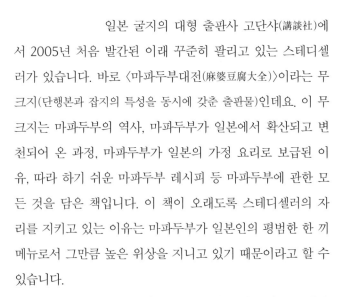

일본 굴지의 대형 출판사 고단샤(講談社)에서 2005년 처음 발간된 이래 꾸준히 팔리고 있는 스테디셀러가 있습니다. 바로 〈마파두부대전(麻婆豆腐大全)〉이라는 무크지(단행본과 잡지의 특성을 동시에 갖춘 출판물)인데요. 이 무크지는 마파두부의 역사, 마파두부가 일본에서 확산되고 변천되어 온 과정, 마파두부가 일본의 가정 요리로 보급된 이유, 따라 하기 쉬운 마파두부 레시피 등 마파두부에 관한 모든 것을 담은 책입니다. 이 책이 오래도록 스테디셀러의 자리를 지키고 있는 이유는 마파두부가 일본인의 평범한 한 끼 메뉴로서 그만큼 높은 위상을 지니고 있기 때문이라고 할 수 있습니다.

이 책에 따르면 현재 일본에 판매 중인 마파두부 관련

제품만 약 100가지에 이릅니다. 식당은 물론 가정의 식탁에도 자주 오르는 메뉴라는 의미인데요. 동네 슈퍼마켓을 가면 마파두부뿐만 아니라 마파면(麻婆麵), 마파가지(麻婆茄子), 마파볶음밥(麻婆炒飯) 등 다양한 마파두부 요리를 집에서 손쉽게 만들 수 있는 소스와 재료, 레토르트 제품들이 진열대마다 가득 채워져 있는 것을 볼 수 있습니다.

마파두부만을 파는 마파두부 전문점도 있습니다. 전문점이 아니라도 동네 밥집이나 라멘집에서 마파두부를 팔기도 하고, 밥 위에 얹어 한 입씩 떠먹는 방식이 비슷한 돈부리모노 전문점에서 마파두부를 팔기도 합니다. 단맛, 짠맛, 매운맛, 얼얼한 맛 등 온갖 맛의 결정체인 마파두부와 쌀밥의 궁합이 좋아, 돈부리모노를 무척 좋아하는 일본인의 취향에 꼭 맞아떨어진 요리라는 생각이 듭니다.

일본 마파두부에서 공통적으로 나는 맛은 두반장(豆板醬)의 매콤한 맛과 화자오(花椒, 산초나무 열매)의 얼얼한 맛, 더우츠(豆豉, 흑두 등을 소금으로 발효시킨 것)의 달큼 짭조름한 맛인데, 이 중 가장 두드러지는 게 화자오의 얼얼한 맛과 독특한 향입니다. 식당마다 다르지만 대부분의 경우는 두반장의 매운맛보다 화자오의 얼얼한 맛과 고유의 향미가 셉니다. 처음엔 그 맛이 생소하게 느껴질 수 있지만 몇 번 먹다 보면 혀끝에 맴도는 화자오의 알싸함과 얼얼함에 중독되고 맙니다.

By92 추천

도쿄 마파두부

맛집

시센카테이료리 나카호라

四川家庭料理 中洞

중화 요리는 서울은 물론 뉴욕, 런던, 파리 등 세계 많은 도시에서 대단히 인기가 좋은 대중요리입니다. 중국에서 시작됐지만 각 나라에서 토착화를 거치면 중국 본토 요리와는 결이 다른 중화 요리로 재탄생되기 마련인데요. 하지만 이 식당은 쓰촨(四川)성에서 요리 실력을 쌓고 돌아온 18년 경력의 셰프 나카호라 신지(中洞新司)가 '중국 본토의 맛'을 내세운 사천 가정요리 전문점입니다.

대표 메뉴인 마파두부에는 일본인이 그토록 강조하는 우마미가 응축되어 있습니다. 이 감칠맛 덕에 밥 없이도 술술 들어갈 정도입니다. 맵지만 부드럽고 깔끔하면서도 깊은 맛이 우러나는 이 마파 소스에는 화학조미료가 일절 들어가지 않습니다. 텐멘장(甜麵醬, 춘장보다 덜 짜고 더 고소하면서도 단맛이 나는 묽은 장)과 설탕도 들어가지 않습니다. 맛의 비결은 중국에서 가져온 3가지 종류의 고추로 셰프가 직접 만든다는 두반장인데요. 두반장을 주기적으로 휘휘 저어주며 공기를 유입시켜 발효를 촉진시키는데, 발효가 진행될수록 매운맛과 소금 맛이 중화되며 부드럽고 깊은 감칠맛이 난다고 합니다.

이곳의 '나카호라 특제 마파두부(中洞特製麻婆豆腐)'는 다른 도쿄 식당에서도 맛보기 어려운 맛으로, 마파두부 마니아라면 반드시 먹어봐야 할 메뉴입니다. 군더더기 없이 깔끔한 식당의 인테리어도, 하얀 벽면에 셰프가 손수 그려 넣었다는 판다 그림도, 귀여운 일러스트로 음식을 표현한 메뉴판도 모두 즐거운 한 끼 식사에 일조합니다.

주소　文京区千石4-43-5 大武ビル 1F ラピュタ千石
찾아가는 법　JR 스가모(巣鴨)역에서 도보 5분. 또는 지하철 미타센(三田線) 센고쿠(千石)역에서 도보 5분
홈페이지　https://ameblo.jp/nakahora/
구글 키워드　nakahora sugamo

재스민

中華香菜 JASMINE

중국 본토 마파두부처럼 도쿄의 마파두부에도 화자오(花椒, 얼얼한 맛이 나는 산초나무 열매)는 반드시 들어갑니다. 그만큼 화자오는 마파두부의 맛을 내기 위해 필수불가결한 요소입니다. 이 화자오와 두반장, 더우츠(豆豉, 흑두 등을 소금으로 발효시킨 것) 맛의 조화를 중요시하는 사람들에게 재스민은 최적의 식당이라고 할 수 있습니다. 전형적인 세레브타운('Celeb'+'Town', 고급 주택가와 근린시설이 풍부한 구역)인 히로오(広尾)에 위치하는 만큼 세레브타운에 걸맞은 모던한 분위기를 가진 식당인데요. 언뜻 평범한 카페처럼 보이지만, 서둘러 가지 않으면 줄을 서야 할 만큼 인기가 좋은 광둥(廣東)요리와 쓰촨요리 전문점입니다.

마파두부만 먹어도 좋지만, 주로 닭고기 요리인 요다레도리(よだれ鶏, 중국 문필가가 그 맛이 상상만으로도 군침이 돈다고 해서 붙인 이름. '요다레'는 '군침'이라는 뜻)와 미니 마파두부(ミニ麻婆豆腐)를 함께 주문해 먹습니다. 알싸한 화자오, 매콤한 라유(ラ油, 고추기름), 흑초로 맛을 낸 요다레도리와 얼큰한 맛이 일품인 마파두부의 조합은 밥 두 공기를 거뜬히 해치우고도 남을 맛입니다. 서비스로 나오는 미니 야채주스와 디저트 안닌토후(杏仁豆腐, 살구류의 씨앗에서 뽑아낸 '안닌'을 가루로 만들고 단맛을 더해 만든 젤리)도 아주 맛납니다.

주소 渋谷区広尾5-22-3 広尾西川ビル 1F
찾아가는 법 지하철 히비야센(日比谷線) 히로오(広尾)역 2번 출구에서 도보 8분. 또는 JR 에비스(恵比寿)역 동쪽 출구(東口)에서 도보 12분
홈페이지 https://jasmine310.com/
구글 키워드 Chukakosai Jasmine

아카사카 시센한텐

赤坂 四川飯店

시센한텐(赤坂四川飯店 1958년 창업)은 일본에 쓰촨 요리를 전파한 원조 식당답게 마파두부 맛도 으뜸입니다. 이곳의 창업자인 쓰촨 출신 중국인 요리사 천젠민(陳建民)은 마파두부를 일본에 처음으로 선보인 장본인입니다. 현재 식당은 그의 후손들이 3대째 이어가고 있습니다. 일반 마파두부와 진마파두부(陳麻婆豆腐)를 파는데, 이 중 추천 메뉴는 진마파두부입니다. 맵기만 한 맛이 아니라 제대로 숙성된 쓰촨 두반장에서 나오는 깊은 풍미가 있습니다. 점심시간에는 마파두부와 밥과 쓰케모노로 구성된 런치 세트(ランチセット)를 합리적인 가격에 즐길 수 있습니다.

참고로 진마파두부는 1874년 중국 성도(成都) 북부 만복교(万福橋) 부근의 식당 '진흥성반포(陳興盛飯舖)'에서 팔았던 것이 시초인데요. 이 식당 주인이자 주방장인 진삼부(陳森富)의 부인 유(劉)씨가 요리하다 남은 고기와 야채를 넣고 만든 두부 요리에, 진씨 성에서 딴 '진(陳)', 유씨의 얼굴에 마맛자국(천연두를 앓고 난 후 딱지가 떨어진 자리에 생긴 얽은 자국)이 있다 하여 '마(麻)', 노부인이라는 뜻의 '파(婆)', 그리고 '두부(豆腐)'를 붙여 '진마파두부'라고 부르게 되었다고 합니다. 시센한텐의 창업자 천젠민은 자신의 고향에서 시작된 진마파두부를 일본인의 입맛에 맞게 변주하여 일본 전역에 알린 것입니다.

주소 千代田区平河町2-5-5 全国旅館会館ビル 6F
찾아가는 법 지하철 유라쿠초센(有楽町線) 또는 난보쿠센(南北線) 또는 한조몬센(半蔵門線) 나가타초(永田町)역 4번 출구에서 도보 3분
홈페이지 https://www.sisen.jp/
구글 키워드 shisen Hanten Akasaka

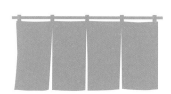

part 2

로컬들만 아는
도쿄의 소확행

레트로 감성의 끝판왕, 깃사텐 모닝세트

가장 이상적인 아침식사, 노포 호텔 조식

주연보다 빛나는 조연, 동네 슈퍼마켓 조리빵

매일매일 즐거워, 베이커리 모닝세트

없는 게 없는 콤비니쇼쿠

생각 없이 골라 먹어도 맛있는 도쿄의 프랜차이즈

레트로 감성의 끝판왕,
깃사텐 모닝세트

도쿄는 이른 아침 가볍게 끼니를 해결할 수 있는 곳이 참 많은 도시입니다. 그중 조금 느긋하고 분위기 있게 아침 끼니를 해결할 곳으로는 단연 깃사텐(喫茶店, 한자 그대로의 뜻은 음식, 음료, 흡연을 즐기는 공간. 음료 및 식사류를 파는 일본 전통 다방)을 꼽을 수 있습니다. 깃사텐은 얼핏 우리나라 카페와 비슷해 보이지만, 영업시간, 메뉴, 주 고객층 모두 우리가 아는 카페와는 많은 차이가 있습니다. 이르면 아침 7시부터 문을 여는 곳이 많고, 대개 아주 공을 들인 강배전(원두를 오래 로스팅한) 커피와 토스트를 제공합니다. 결정적으로 다른 점은 깃사텐에는 여전히 도쿄의 근대적 낭만이 흐르고 있다는 것. 집기와 인테리어 모두 근대부터 유래된 곳이 많기 때문입니다.

깃사텐은 원래 오스트리아 빈과 프랑스 파리 등 서구의 카페에서 영감을 얻어 만들어졌습니다. 하지만 인테리어, 가구, 조명 등을 일본풍으로 재해석하고, 일본 고유의 메뉴와 오모테나시(お持て成し, 마음을 다하는 극진한 대접)를 더해 지금의 깃사텐의 모습을 갖추게 되었습니다. 1800년대 후반, 문호가 활짝 열린 개화의 시대에 서양에서 들어온 카페를 일본식으로 변주하여 문을 열었던 것이 깃사텐의 시작입니다. 1888년 일본 최초의 깃사텐이 도쿄 북쪽의 우에노에 깃발을 꽂은 이후 깃사텐은 급속도로 전국에 확산되었습니다. 특히 도심의 깃사텐들은 당시 문화 발신자 역할을 하던 문인과 문화계 인사들이 모이는 아지트로 부상했습니다. 모던 보이와 모던 걸들의 주요 출입처였던 깃사텐은 시간이 흘러 서민의 휴식처로 자리매김하게 됐습니다. 가게 숫자가 일본 전체 편의점 수에 버금가니, 어쩌면 가장 대표적인 일본식 식공간 중 하나라 할 수 있습니다.

깃사텐을 가장 깃사텐답게 만드는 요소는 바로 깃사메시(喫茶メシ, 깃사텐에서 파는 간단한 식사 메뉴)입니다. 깃사메시는 카레라이스(カレーライス), 오므라이스(オムライス), 나포리탄(ナポリタン), 햄버그스테이크(ハンバーグステーキ), 카츠산도(カツサンド, 돈카츠샌드위치) 등 외국에서 들어왔지만 일본식으로 변형되어 이제는 와쇼쿠로 정착된 메뉴들로 구성되는 것이 특징입니다.

이 중 아침에만 제공되는 모닝서비스(モーニングサービ

ス, 깃사텐 모닝세트메뉴를 가리키는 일본식 영어)는 깃사텐의 가장 큰 매력 중 하나입니다. 팥소를 올린 버터토스트, 낫토를 올린 낫토토스트, 피자토스트, 다마고산도(たまごのサンド, 달걀 샌드위치) 등의 메뉴로 구성되곤 합니다. 대체로 커피와 삶은 달걀, 수프 정도가 곁들여지는 단조로운 구성이지만, 대부분의 깃사텐이 이 모닝서비스에 심혈을 기울입니다. 아침 일찍 도쿄 직장가의 깃사텐에 가면 이 모닝서비스를 먹으려고 찾아온 직장인들을 쉽게 볼 수 있습니다. 이들의 절반 이상이 모닝서비스를 주문합니다. 특히 역전에 자리한 깃사텐에서는, 출근을 앞둔 7~8시 사이 주변 직장인들이 줄을 섰다가 개점 직후 우르르 들어가는 진풍경도 볼 수 있습니다.

단 하나 달갑지 않은 점은, 흡연에 너그러운 깃사텐에는 남녀 불문 애연가들이 많이 찾아온다는 것입니다. 식사 중 담배 냄새를 맡아야 하는 것이 고역이지만, 이런 단점을 상쇄할 만큼 매력 넘치는 공간인 것도 사실. 첨단의 유행과는 동떨어진 탁자와 의자, 클래식하고 정갈한 제복 차림의 종업원 등 언제나 최신 모드와는 등진 낭만과 거부할 수 없는 '올드패션'의 매력이 충만하기에 지금까지 오랜 세월 견고하게 자리를 지켜온 것이라고 생각합니다.

도쿄

깃사텐

르노와르

ルノワール

주로 역 근처나 유동 인구가 많은 지역에 있는 깃사텐 프랜차이즈 체인으로, 정식 상호는 '깃사시츠 르노와르(喫茶室ルノワール, '낏다실 르노와르'라는 뜻. 이하 '르노와르')'입니다. 협소하게 기획된 일부 미니 매장을 제외하곤 대체로 공간이 널찍하고, 여느 깃사텐보다 풍성한 아침 메뉴를 가지고 있어 높은 인기를 누리고 있습니다. 주로 유동 인구가 많은 역 근처, 번화한 도심에 위치해서 고객층이 다채롭습니다. 댄디한 중견 회사원, 은근하게 멋을 낸 중년 여성, 노년의 신사 등 연령대가 높은 손님도 많고, 젊은 남녀나 커리어우먼과 비즈니스맨, 연신 노트북을 두드리며 자리를 떠나지 않는 '엉덩이가 무거운 사람들'에 이르기까지 언제나 다양한 부류의 사람들로 북적입니다. 천장이 높고 삼삼오오 모여 회의할 수 있는 테이블이 많아, 늘 웅성거리는 소음으로도 가득한 곳입니다.

도쿄의 주요 지역마다 있다고 해도 과언이 아닐 만큼 대형 체인인 르노와르는 1964년(전신은 1955년 창업) 출범했는데요. 도쿄 사람들이 매일 오가는 곳을 지켜왔으니 그들의 일상을 담아온 공간이라고 할 수 있습니다. 하지만 일반 깃사텐에 비해 천장이 높고 테이블 간격과 자리 배치가 여유로우며 소품과 인테리어에도 신경을 써서, 일상 공간치고는 꽤 기품과 맵시가 있습니다. 또한 일반 깃사텐보다 깃사메시가 비싼 만큼 플레이팅도 고급스러운 편입니다.

르노와르는 기본적으로 1평당 1.5석의 자리를 두는 원칙을 지키는데요. 이렇게 된 데에는 재미있는 에피소드가 있습니다. 지금은 타계한 르노와르 창업자 고미야마 쇼쿠로(小宮山正九朗)에 따르면, 창업 당시 인테리어 공사 비용이 예정보다 불어나 탁자와 의자를 원래 계획한 수량만큼 구매하지 못해 어쩔 수 없이 자리 간격이 넓어졌다고 합니다. 이 때문에 '르노와르는 넓고 쾌적한 공간'이라는 이미지가 생겼고, 일본의 다른 좁은 공간들과 차별화되며 인기를 모으기 시작했습니다. 공사 비용이 늘어난 것이 오히려 전화위복이 되어 르노와르의 인기로 이어진 셈입니다.

르노와르의 모닝서비스는 아침 7시부터 정오까지로, 다른 깃사텐에 비해 긴 편입니다. 모닝서비스에는 버터토스트+삶은 달걀+수프, 햄 치즈 포카차 샌드위치+삶은 달걀+수프, 햄&오이 샌드위치+삶은 달걀+수프, 스페셜 샌드위치(삶은 달걀, 베이컨, 포테이토샐러드, 양상추를 넣은)+요구르트+수프 등 네 종류가 있습니다. 메뉴판에 실물 사진이 있어 처음 방문한 사람도 쉽게 주문할 수 있습니다.

호불호가 있겠지만, 르노와르의 커피 맛은 보통입니다. 그럼에도 르노와르가 인기를 끄는 이유는 상대적으로 넉넉한 공간도 한몫 하지만, 한편에 비즈니스 미팅 전용 공간을 둔 매장도 있을 만큼 직장인에 대한 배려가 각별하기 때문입니다. 일본 카페는 매장에 따라 인터넷 사용 요금을 따로 받기도 하는데, 르노와르에선 무료입니다. 도쿄에는 일정 시간 이상 체류하면 퇴장을 요청 하는 카페도 많지만, 르노와르에선 그런 일도 없습니다. 오히려 '천천히 계시다 가라'는 듯이 직원이 돌아다니며 음료가 떨어진 테이블에 따뜻한 오차(お茶, 일본 전통차)를 두고 갑니다. 그래선지 노트북으로 작업하거나 장시간 미팅을 하는 손님이 유독 많습니다. 이처럼 철저히 고객 띄우기 위주의 공간이다 보니, 아침뿐만 아니라 일과 중 고단해졌을 때 쉬었다 갈 곳으로도 안성맞춤입니다.

주소 港区新橋2-21-1 新橋駅前ビル 2号館
찾아가는 법 JR 신바시(新橋)역 가라스모리구치(烏森口) 동쪽 출구에서 바로
홈페이지 https://www.ginza-renoir.co.jp/renoir/
구글 키워드 renoir shinbashi shiodome

코히타이시칸

珈琲大使館

일명 '넥타이부대'의 성지로 불리는 신바시의 깃사텐 코히타이시칸(珈琲大使館, 커피대사관)은 도쿄의 가장 평범한 샐러리맨이 찾는 곳이자 저렴하지만 맛있는 버터토스트가 있는 곳으로 유명합니다. 1973년 문을 연 이곳은 신바시를 포함해, 도라노몬(虎ノ門), 닌교초(人形町), 아키하바라(秋葉原) 등 도쿄의 오래된 오피스타운에 주로 자리하는데, 어느 매장이든 아침 7시에 문을 열고 저녁 6시에 문을 닫습니다. 출근 전 샐러리맨들의 한 끼를 챙겨 주기 위해 이른 시간 영업을 시작하는 만큼 저녁엔 일찌감치 문을 닫자는 주의입니다.

코히타이시칸은 샐러리맨들의 가벼운 주머니 사정을 배려해 주기라도 하듯 유난히 저렴한 가격에 모닝서비스를 제공합니다. 두툼해서 제법 포만감이 있는 버터토스트, 잼 토스트, 시나몬 토스트, 피자 토스트 등 주문할 때마다 고민이 될 정도로 모든 메뉴가 맛있고 저렴한데, 한 잔씩 사이펀으로 추출해 주는 커피까지 일품이니 영업시간 내내 자리가 꽉 찰 때가 많습니다.

이 외에 크루아상 다마고(卵, 달걀) 샌드위치, 햄 샌드위치, 토마토·오이·레터스만 넣은 야채 샌드위치, 튜나 토스트, 미니 커피와 함께 나오는 커피젤리(コーヒーゼリー) 등 평범한 메뉴들이 모두 평균 이상의 좋은 맛을 냅니다. 샌드위치류(サンドイッチ)는 반쪽(ハーフサイズ)만 따로 판매할 정도로 고객의 편의를 배려한 곳이기도 합니다.

코히타이시칸의 또다른 매력은 빛 바랜 가구와 집기들이 마치 타임머신을 타고 과거로 회귀한 듯한 기분을 선사한다는 것입니다. 세월의 흔적이 묻어나는 접시와 찻잔, 스푼과 포크, 낡은 식탁과 소파 등 오래된 살림살이에서 편안함을 느낄 수 있습니다.

주소 港区新橋4-30-4
찾아가는 법 미타센(三田線) 오나리몬(御成門)역 A4 출구에서
        도보 7분
홈페이지 http://www.coffee-embassy.com/contents/
        category/menu/
구글 키워드 Coffee Taishikan Shimbashi

카페 파우리스타

カフェー·パウリスター

다이쇼 시대에 생겨난 '긴부라'라는 말은 '긴자오 부라부라 아루쿠(銀座をぶらぶら歩く, 빈둥빈둥 긴자를 어슬렁거린다는 뜻)'의 줄임 말이라는 설과 '긴자의 브라질산 커피를 파는 깃사텐에서 커피를 마시는 것' 의 줄임말이라는 설이 있습니다. 다이쇼 시대에 창업한 노포 깃사텐인 카페 파우리스타(CAFÉ PAULISTA)가 주장하는 바로는, 그 시절 긴자 언저리를 배 회한 사람이라면 반드시 카페 파우리스타에 들러 브라질산 커피를 마시고 갔 고, 그래서 생겨난 말(긴자의 '긴'과 브라질의 '부라'를 붙여 '긴부라한다')이라고 합 니다. 명문 게이오(慶応) 대학교 학생들이 유행시킨 말이라는 설도 있는데, '게 이오 캠퍼스에서 긴자의 카페 파우리스타까지 걸어가 브라질 커피를 마시며 대화를 즐긴 것'에서 유래했다고 하니, 어느 설이 맞건 브라질 커피와 깊은 관 련이 있어 보입니다. 카페 파우리스타가, 일본인의 브라질 이민 사업에 종사 하던 미즈노 료(水野龍)가 일본에 브라질 커피를 보급하고자 만든 공간인 것만 은 확실합니다. 'Paulista'는 '상파울루 사람'이라는 뜻으로, 커피와 설탕의 집 산지인 상파울루에서 상호를 따온 것입니다.

갈색 소파, 대리석 상판의 카운터 자리 등 모던함과 클래식함이 혼재 하는 이곳에도 당연히 모닝서비스가 있습니다. '킬러 메뉴'는 '튜나 토스트 세 트'. 튜나 스프레드가 풍성하게 올라간 바삭하게 잘 구운 토스트에 샐러드, 주 스, 커피를 곁들여 먹으면 아주 든든한 한 끼가 됩니다. 수제 버터로 만들었다 는 스콘도 놓치기 아까운 맛입니다.

〈나생문(羅生門)〉으로 잘 알려진 일본의 대문호 아쿠타가와 류노스케(芥 川龍之介)가 이곳을 사랑방처럼 드나들었고, 비틀스의 존 레넌은 부인 오노 요 코와 도쿄에 머무르는 동안 하루도 빠짐 없이 이곳에 들렀다고 합니다. 천재 물리학자 아인슈타인도 이곳에서 커피를 마시고 갔다고 합니다.

주소 中央区銀座8-9-16 長崎センタービル 1F
찾아가는 법 JR 신바시(新橋)역 1번 출구에서 도보 4분. 지하철 오에도센(大江戸線) 시오도메(汐留)역 3번 출구 에서 도보 4분
홈페이지 http://www.paulista.co.jp/
구글 키워드 카페 파울리스타

가장 이상적인 아침식사,
노포 호텔 조식

일본의 한 영향력 있는 웹 매거진 〈발효미식(発酵美食)〉에 따르면, 도쿄 사람들 중 상당수가 '가장 이상적인 조식은 노포 호텔 조식 뷔페에 있다'고 생각한다고 합니다. 노포 호텔 조식 뷔페에는 따끈따끈한 미소시루(일본식 된장인 미소를 풀어서 끓인 국)와 바싹 구운 생선구이와 같은 전통 와쇼쿠부터 오믈렛, 프렌치 토스트, 신선한 샐러드와 같은 가벼운 양식까지, 조식으로 먹고 싶은 온갖 요리가 가장 풍성하게 차려져 있기 때문입니다.

바쁜 일상으로 아침 식사를 거르는 일이 많은 현대인에게 '정성껏 차린 집밥 같은 아침상'을 받는 일은 하나의 로망이 되었습니다. 소박한 쓰케모노와 생선구이, 샐러드처럼 도쿄 사람들의 아침상에 빈번히 오르는 일상적인 메뉴조차

누군가 차려주지 않으면 먹을 기회가 없기 때문입니다. 이런 상황 속에서 노포 호텔의 조식 뷔페는 도쿄 사람들의 아침상에 대한 로망을 이루는 최적의 장소가 된 것입니다.

대부분 100년 전후의 역사를 가진 노포 호텔은 그 자체로도 아련한 그리움을 불러일으키는 공간입니다. 서양 문물이 쇄도하기 시작한 시기에 문을 열었던 호텔에는 그 시절의 인테리어가 그대로 남아 있습니다. 특히 1900년대 초, 중반에 생긴 호텔에서는 에도(江戸, 도쿄의 옛 이름) 고유의 클래식한 무드를 누릴 수 있습니다. 이 노포 호텔들은 도쿄가 근대화를 거치며 천지개벽하던 시절이 고스란히 반영된 공간. 외래의 것과 일본 고유의 것이 합쳐지고 다시금 도쿄다운 것으로 거듭났던 공간이기도 합니다. 도쿄의 오래된 멋과 맛을 품고 있는 공간, 도쿄의 과거와 현재가 교차하는 이 공간에서 도쿄 사람들이 선망하는 아침상을 받아보는 일은 이방인에게도 특별한 경험이 될 것입니다.

By92 추천

도쿄 노포 호텔

조식

도쿄스테이션 호텔의
'아트리움'

アトリウム

　　　　　　　　　　1915년 문을 연 도쿄스테이션 호텔(東京ステーショ
ンホテル) 4층에 있는 식당으로, 도쿄 노포 호텔의 조식 중 가장 먼저 꼽고 싶
은 곳입니다. 일단 일본 근대 건축의 거장 다쓰노 긴고(辰野金吾, 1854~1919)가
설계한 고딕과 르네상스의 절충 양식을 갖춘 호텔 외관부터 마음을 사로잡습
니다. 그리고 고풍스러운 로비와 엘리베이터, 4층의 긴 통로를 거쳐 식당에
들어서는 순간, 무려 9m에 이르는 드높은 홀 천장과 탁 트인 시야에 압도되
고 맙니다. 높게 솟은 천장에서 아래로 길게 늘어뜨린 거대한 샹들리에, 눈부
신 아침 햇살을 쏟아내는 천창, 클래식한 테이블과 의자, 격식을 차린 가족 단
위 손님들이 영화 속 한 장면 같은 풍경을 이룹니다. 물론 주역은 뷔페 코너를
가득 채운 훌륭한 조식 메뉴입니다.

　　　기본적으로는 잘 구워진 생선(焼き魚)과 구수한 미소시루, 짭쪼름한 쓰
케모노, 신선한 아에모노(和え物, 야채 무침), 수수한 니쿠자가(肉じゃが, 소고기
감자조림), 낫토(納豆), 김, 다시지루(だし汁, 맛국물)로 깊은 맛을 낸 다마고야키
(卵焼き, 달걀말이) 등 도쿄의 어느 노포 호텔에서나 볼 수 있는 일식과 양식이
절반씩 섞인 조식 메뉴입니다. 가장 주목할 음식은 이 호텔이 처음 생겼을 때
부터 이어져온 명물, '흑모와규 비프스튜(黒毛和牛ビーフシチュー)와 오믈렛'으
로, 며칠 동안 뭉근히 끓인 스튜 맛이 일품입니다. 눈앞에서 바로 만들어 주는
에그 베네딕트도 아트리움의 인기 메뉴. 이 외에도 수제 햄과 베이컨, 치즈, 새
콤달콤하게 마리네이드된 신선한 어패류, 이시카와(石川)현 농장에서 직송된
신선한 야채로 가득한 샐러드 바 등 메뉴가 무려 110가지에 이릅니다. 정신
바짝 차리지 않으면 아침부터 과식을 하게 될 곳.

　　　호텔 측 설명에 따르면 이곳은 특이하게도 투숙객의 약 70%가 일본인
이며 그중 대부분이 도쿄 사람이라고 합니다. 그만큼 도쿄 사람들에게 사랑
받는 곳이라는 이야기이지요. 원래 투숙객만 모닝 뷔페를 이용할 수 있었는
데, 큰 인기를 끈 이후부터는 외부 손님도 받게 되었습니다. 그러니 호텔에 꼭
투숙하지 않더라도 미리 예약을 하면 이곳에서 일본풍 조식 뷔페를 맛볼 수

있습니다.

도쿄의 대표적인 랜드마크인 도쿄 역사와 직결되어 있는 이 호텔은 대도시를 상징하는 건축물과 상점들로 둘러싸여 있어, 식사 후 근처를 천천히 산책하기에도 좋습니다. 이 중 사람들에게 잘 알려지지 않은 공간이 하나 있습니다. 옥상정원 '킷테 가든(KITTEガーデン)'입니다. 1층에서 5층까지 후키누케(吹き抜け, 각 층에 바닥과 천장을 두지 않고 아래에서 위까지 뻥 뚫어 놓은 공간)로 이루어진 건물 KITTE(킷테, '우표'라는 뜻)의 6층에 위치한 킷테 가든은 이 지역 전체를 파노라마처럼 볼 수 있는 일급 조망권이라고 할 수 있습니다. 대도시 심장부에 해당하는 지역 일대의 풍경은 도쿄타워에서 내려다보는 도쿄의 모습과는 또 다른 감흥을 안겨 줍니다. 식사 후 나무 데크와 초록색 잔디로 이루어진 이곳 옥상에서 잠시 머무르다 보면 눈도 마음도 상쾌해질 것입니다.

주소 千代田区丸の内1-9-1
찾아가는 법 JR도쿄(東京)역 마루노우치(丸の内) 남쪽 출구에서 바로
홈페이지 https://www.tokyostationhotel.jp/stay/breakfast/
구글 키워드 Tokyo station hotel

야마노우에 호텔

山の上ホテル

외국인 여행자에게도 인기만점인 야마노우에 호텔 (山の上ホテル)은 비교적 역사가 짧은 편이지만, 이곳만의 우아한 풍취로 도쿄 사람들에게 사랑 받아온 노포 호텔입니다. 객실이 35개인데 식당은 무려 7개가 있어, 미식의 호텔로 정평이 난 곳이기도 합니다. 아르데코풍(직선과 곡선의 대칭적인 형태와 원색을 통해 강렬한 느낌을 주는 양식)의 호텔 건물이 처음 지어진 것은 1936년으로, 미국인 건축가 윌리엄 머렐 보리즈(William Merrell Vories)의 설계로 지어졌습니다. 그러나 호텔로서 문을 연 것은 1954년으로, 출판사와 고서점들이 밀집해 있어 예로부터 '지성의 거리'로 불리던 진보초(神保町)에 이웃한 간다스루가다이(神田駿河台)라는 동네에 있습니다. 요란한 장식 대신, 품격 있는 정취를 지닌 이 호텔은, 그 일대를 내려다보는 언덕에 고고하게 자리 잡고 있습니다. 창작에 열중하던 대문호들이 장기간 투숙했던 호텔로도 유명합니다. 세계적으로도 유명한 일본인 최초 노벨 문학상 수상자 가와바타 야스나리(川端康成)도 그중 한 사람. 이 호텔의 시그니처가 된 조식도 그 문호들 가운데 한 사람이 제안한 것입니다.

이곳의 조식은 뷔페식이 아니라 한 상 차림식으로, 고바치(小鉢, 작은 사발)와 작은 접시에 산해진미 13가지를 내어주는 정성 가득한 와쇼쿠입니다. 이 상차림은 아침 7시부터 제공되는데, 이른 아침부터 어떻게 이런 손이 많이 가는 요리들을 다 해냈을까 싶을 만큼 접시마다 공들인 요리로 가득합니다. 매일 조금씩 바뀌지만 대체로 밥과 미소시루, 사시미 몇 점과 생선구이 한 토막, 다마고야키(卵焼き, 달걀말이), 명란, 야채조림, 김 등 전형적인 일본 전통식 밥상입니다. 이 조식은 호텔 내 식당 '뎀뿌라 토 와쇼쿠 야마노우에(てんぷらと和食　山の上)'에서 먹을 수 있는데, 뎀뿌라 맛으로도 명성이 자자한 곳입니다.

이 호텔 조식의 탄생과 관련된 일화가 있습니다. 미식가로도 유명했던 일본 대표 역사 소설가 이케나미 쇼타로(池波正太郎, 1923~1990)가 1980년대 후반, 주방장에게 "이것저것 조금씩 먹고 싶다"고 청했던 일을 계기로 지금의 조식이 탄생했다고 합니다. 이 소설가가 항상 묵었던 401호실은 그의 요청으로 항상 다다미 위에 더블베드와 좌탁(의자 없이 바닥에 앉아서 사용하도록 만든 탁자), 스탠드가 놓였는데, 지금도 사전 요청을 하면 그 시절 좌탁과 스탠드를 비치해 줍니다. 좌탁에 앉아 스탠드에 불을 켜고 글을 써내려 갔을 문호의 방. 이제 작가는 없지만 작가의 이야기가 남아 있는 그 객실에 묵으며, 특별한 이야기가 담긴 음식을 맛볼 수 있다는 것도 이 호텔만의 매력일 것입니다.

주소 千代田区神田駿河台1-1
찾아가는 법 JR소부센(JR総武線) 또는 마루노우치센(丸の内線) 오차노미즈(御茶ノ水)역에서 도보 5~6분, 지요다센(千代田線) 신오차노미즈(新御茶ノ水)역에서 도보 6분
홈페이지 https://www.yamanoue-hotel.co.jp/
구글 키워드 야마노우에호텔

오쿠라 호텔의 '누벨 에포크'

Nouvelle Epoque

프렌치토스트는 18세기 초 미국 뉴욕주 올버니의 술집 주인인 조셉 프렌치가 명명한 이름이라는 게 정설인데요. 원래 '저먼토스트'라고 불리다가 제1차 세계대전으로 미국과 독일이 적대관계가 되자 '저먼'이 '프렌치'로 바뀌었다는 설도 있습니다. 정작 프랑스에서는 프렌치토스트를 '잃어버린 빵(pain perdu)'이라고 부르는데, 4~5세기에 저술된 로마제국 시대의 요리책에도 비슷한 레시피가 나오고, 독일, 스페인 등 유럽 각국에서 서로 원조라고 주장하는 걸 보면, 유래는 불분명하지만 프렌치토스트의 위상이 높은 것만은 틀림 없습니다. 그런 프렌치토스트 맛의 정점을 유럽이나 미국이 아닌 도쿄에서 만날 수 있다고 하면 고개를 갸우뚱할지도 모릅니다. 하지만 오쿠라 호텔(オークラホテル)의 프렌치 레스토랑 누벨 에포크에서 한번 그 맛을 보면 이 말에 곧 수긍하게 될 것입니다.

이 레스토랑이 이른 아침(07:00~09:30)에 운영하는 브렉퍼스트 코스 메뉴 3가지 중 '보 자뎅(Beau Jardin)'이란 메뉴는 에그베네딕트와 프렌치토스트 중 하나를 선택하게 되어 있는데요. 이 프렌치토스트를 먹기 위해 아침 일찍부터 이곳을 찾는 손님이 적지 않습니다. 두께 4cm로 두툼하게 잘라낸 식빵을 꼬박 24시간 동안 에그믹스처(달걀 물)에 푹 담갔다가, 오븐에서 저온으로 15분간 천천히 구워낸 폭신폭신한 프렌치토스트의 맛은 그야말로 일품!

이곳은 특히 프랑스 요리에 주력해온 오쿠라 호텔의 대표 식당으로, 현대 프랑스 요리를 확립한 전설의 셰프 오귀스트 에스코피에(Georges Auguste Escoffier)의 방식을 차용한 정통 프랑스 요리의 맛이 훌륭하기로도 유명한 곳입니다.

주소 港区虎ノ門2-10-4
찾아가는 법 히비야센(日比谷線) 가미야초(神谷町)역 4B 출구에서 도보 5분 혹은 난보쿠센(南北線) 롯폰기잇초메(六本木一丁目)역에서 도보 10분
홈페이지 theokuratokyo.jp/dining/list/nouvelle_epoque
구글 키워드 Nouvelle Epoque

주연보다 빛나는 조연,
동네 슈퍼마켓 조리빵

여행자들의 바쁜 발길을 붙잡기에는 너무나 평범한 공간이어서 지나치기 쉬운 곳 중 하나가 동네 슈퍼마켓 안에 있는 베이커리 코너입니다. 요리에 관심이 있는 사람이라면 모를까, 굳이 슈퍼마켓에 들러 빵을 구매할 여행자는 그리 많지 않아 보입니다. 하지만 도쿄는 슈퍼마켓에서 파는 빵도 맛이 괜찮습니다. 아니, 괜찮은 정도가 아니라 그냥 지나치기에 아까울 정도로 맛있습니다. 앉을 공간이 없기는 하지만 일반적인 빵집에 비하면 가격도 저렴한 편이니, 빵을 좋아하는 사람에게는 매력적인 미식의 공간이고, 여행자에게는 잘 알려지지 않은 숨은 맛집이라고 할 수 있습니다.

슈퍼마켓 내 베이커리는 슈퍼가 문을 열 무렵인 이른 아침에 방문하는 것이 좋습니다. 갓 구운 따끈따끈한 빵들이 나

오는 시간이 대개 슈퍼마켓의 오픈 시간에 맞춰져 있기 때문입니다. 빵의 종류는 크루아상이나 브리오슈, 바게트처럼 그 자체로 먹거나 샌드위치용으로 사용하는 빵, 이런 빵에 재료를 넣은 다양한 샌드위치, 멜론빵(メロンパン)처럼 달콤한 디저트빵(デザートパン), 카레빵(カレーパン)처럼 별도로 조리한 재료를 빵 속에 넣고 구운 조리빵(調理パン) 등 네 가지로 나뉩니다. 이 중 인기가 많아 일찍 동이 나는 빵은 조리빵, 그중에서도 와쇼쿠의 각종 야채 요리나 고기 요리를 속재료로 넣은 소자이빵(惣菜パン)입니다. 야키소바(焼き蕎麦)나 고로케(コロッケ, 크로켓) 재료를 빵 속에 넣은 조리빵도 인기가 좋습니다.

조리빵은 어느 슈퍼마켓의 빵이든 맛이 좋고, 밥 한 끼를 대체할 수 있을 만큼 양도 꽤 많습니다. 대부분의 조리빵은 일본에서 고안되었고 수십 년의 역사를 지니고 있습니다. 카레빵은 도쿄 고토구(江東区)에 있는 노포 카토레아(カトレア, 당시 상호는 메이카도, 名花堂)의 2대 주인장이 1927년 발명했습니다. 디저트빵 중에도 일본에서 고안된 빵이 많습니다. 빵 반죽에 비스킷 생지를 올려 구운 멜론빵도, 팥소·콩소·말차 크림 등을 넣은 빵들도 모두 일본인의 입맛에 맞게 변주되어 일본에서 새롭게 태어난 빵입니다.

인기가 많은 빵을 사려면 슈퍼마켓 인근 주민이나 직장인들이 모두 사버리기 전에 서둘러야 합니다. 선택지가 너무 다양해서, 혹은 낯선 메뉴가 너무 많아 난감할 때는 '오늘의 추천(本日のオススメ)'이라는 팻말이 꽂힌 빵을 사먹기를 추천합니다.

By92 추천

도쿄 동네 슈퍼마켓

빵집

후쿠시마야

福島屋

　　　도심 오피스가이자 주택가 끝자락에 위치한 슈퍼마켓 후쿠시마야(福島屋, 1971년 창업)의 빵 코너는 아침부터 줄을 서야 하는 맛집입니다. 도쿄 근교의 하무라시(羽村市)에 본점을 두고 있고, 아키하바라(秋葉原) 등 총 다섯 곳에 직영점이 있는데 이 중 롯폰기잇초메(六本木一丁目) 매장은 베이커리 코너의 인기가 특히 좋습니다. 2014년부터 전국을 돌며 좋은 재료를 직송 받고, 빵을 포함한 다양한 요리들을 매장 내에서 직접 가공 및 조리 후 판매하는, 후쿠시마야 중에서도 특화된 매장입니다. 아침 일찍 유리창 너머로 보이는 주방에서 갓 구워낸 빵들이 속속 진열대로 운반되는 모습을 보면 빵을 살 계획이 없었더라도 결국 한두 개를 사게 되는 마성의 빵집입니다.

　　　이 매장에서 판매하는 재료들로 만든 빵과 반찬은 근처 지역 주민에게 맛있기로 정평이 나 있습니다. 대사관이나 외국계 기업이 많고, 뒤로는 고급 맨션이 즐비한 지역이어서 꽤 입맛이 까다로운 소비자가 많이 찾아오는 슈퍼마켓이고, 근처에 쟁쟁한 대형 프리미엄 빵집이 많은데도 매장을 유지하는 것 자체가 그 훌륭한 맛을 입증한다고 볼 수 있습니다. 또한 이곳은 홋카이도(北海道)산 밀가루와 버터, 도쿄 인근 오메시(青梅市, 도쿄도 다마 지구 서부에 있는 시)에서 가져오는 당일 산란한 달걀 등 오직 일본산 재료만 사용하는 것으로 유명한 빵집입니다. 그래서 가격이 슈퍼마켓 내 빵집치고는 다소 높은 편이지만, 고급 재료를 사용하고 그만큼 맛도 출중하다는 차별점으로 소비자를 끌어모으고 있습니다.

　　　특히 인기가 좋은 제품은 호두와 생지를 반죽해 구워낸 호두빵(クルミパン)과 치즈가 듬뿍 토핑된 포카차 피자(フォカッチャピッツァ), 일본 가정식 반찬을 속재료로 넣어 구운 소자이빵(惣菜パン) 등입니다. 과자빵(菓子パン) 종류인 멜론빵(メロンパン)이나 도넛 등도 모두 맛이 좋습니다. 하지만 모든 빵을 정해진 시간대에 한정 수량으로 내놓다 보니 인기 빵은 늘 조기에 품절됩니다. 버터와 팥이 듬뿍 들어간 후쿠시마야의 간판 메뉴인 다이나곤(大納言, 고급 팥의 한 품종)빵은 불특정 요일 한정으로 팔기 때문에 운이 좋아야 만날 수 있습니

다. 빵 종류가 아주 많은 편이 아님에도 빵 하나하나의 맛에 충실을 기하고, 어떤 빵은 한정 판매하는 등의 완급 조절로 소비자의 구매 욕구를 자극하여, 빵이 나오는 시간대마다 대기 줄이 길게 늘어서는 곳.

수제 요구르트와 수제 푸딩 등의 유제품, 고품질 재료로 만든 즉석 수프, 모찌, 센베이 같은 화과자 등도 모두 각지에서 고르고 골라낸 제품 구성이어서 매장 규모가 작음에도 불구하고 늘 사람들로 붐비는 곳입니다.

주소 港区六本木1-4-5 アークヒルズサウスタワー B1 アークキッチン
찾아가는 법 지하철 난보쿠센(南北線) 롯폰기잇초메(六本木一丁目)역 1, 2, 3번 출구에서 직결된 아크키친 식당가 끝에 위치
홈페이지 http://fukushimaya.net/concept/
구글 키워드 Fukushimaya Roppongi

매일매일 즐거워,
베이커리 모닝세트

일본에서 이런저런 빵을 먹고 돌아다니다 보면 일본이 제과·제빵의 강국으로 불리는 이유를 절절히 깨닫게 됩니다. 먼저 빵의 다채로움에 놀라고, 어느 빵집을 가든 평균 이상의 빵맛을 낸다는 사실에 한 번 더 놀라게 됩니다. 유명 브랜드 빵집이나 고급 레스토랑의 빵은 물론, 동네 식당에서 햄버그스테이크나 카레라이스와 함께 내주는 빵, 편의점에서 파는 빵까지 모두 맛이 좋습니다.

빵이 최초로 일본에 들어온 것은 1600년경 포르투갈 선교사를 통해서였습니다. 본격적인 제빵은 메이지 시대부터 시작했지만, 빵의 역사는 수백 년에 이르는 셈입니다. 빵이 가정의 식탁에도 오르게 된 것은 1900년대 초부터입니다. 1947년 학교 급식의 시행, 1960년대 고도 경제 성장기 등을 거치면서 빵의 수요가 폭발적으로 증가했고 시장이 커짐에 따라 제빵 기술도 비약적인 발전을 거듭, 제빵 강국이라는 타이틀을 거머쥐게 되었습니다.

경수(硬水, 칼슘 이온이나 마그네슘 이온이 많이 들어 있는 천연수)가 주류인 유럽이나 북미지역과는 달리 일본은 거의 대부분의 물이 연수(軟水, 칼슘 및 마그네슘과 같은 미네랄 이온이 들어 있지 않은 물)입니다. 그래서 일본에선 연수에 맞는 밀가루를 개발하기 위해 새롭게 밀을 개량하고 재배하기도 합니다. 최고의 빵 맛을 내기 위해 수입 밀가루에만 의존하지 않고 일본의 물에 맞는 밀가루를 만들어내기까지 한 것입니다. 맛의 차별화는 원재료의 차별화에서부터 출발한 것. 일본의 제빵 강국 타이틀은 부단한 노력의 결과라고 할 수 있습니다.

빵을 일반 대중이 먹어온 역사도 1세기를 훌쩍 넘습니다. 일본인의 절반 이상이 아침 식사로 미소시루와 밥 대신 빵을 먹는다는 조사 결과도 있습니다. 이렇게 매일 아침 빵을 찾는 손님들을 사로잡으려는 빵집 간 치열한 경쟁이 일본 빵 맛의 상향 평준화로 이어졌을 것입니다. 어쩌면 일본인 특유의 우직한 장인 정신이 섬세한 손길을 요하는 제빵 분야에서 유난히 빛을 발하는 것인지도 모릅니다.

일본 빵 맛의 진수를 맛보려면 이른 아침 시간을 공략해야 합니다. 많은 도쿄의 빵집들이 아침 7시나 8시부터 1~2시간 동안 '모닝세트'라는 이름으로 아침 식사 메뉴를 판매하는데, 여기에 자신들이 가장 자신 있는 메뉴를 올리는 경우가 많습니다. 아침 식사 메뉴이다 보니 화려한 빵보다는 빵 본연의 맛과 향을 살린 기본 빵 종류가 대부분이지만 제빵의 기본기를 엿볼 수 있는 기회입니다. 갓 구워낸 빵에 음료와 수프, 샐러드를 곁들이면 아침 식사로 손색이 없습니다. 가격도 합리적입니다. 아무리 비싸도 1,000엔 내외로 모닝세트를 즐길 수 있습니다. 가격이 저렴하다고 해서 샐러드나 수프의 질이 떨어지는 것도 아닙니다.

많은 빵집 중 어느 빵집을 선택할지는 고민하지 않아도 됩니다. 도쿄에는 빵집이 흔하디 흔해서 어디에서 출발하든 걸어 갈 수 있는 거리에 반드시 빵집이 있습니다. 주택가의 동네 빵집, 도심의 프랜차이즈형 빵집, 베이커리 카페 등 눈에 띄는 어떤 빵집에 들어가든 기대 이상의 빵을 맛볼 수 있습니다. '고품질 일본산 밀가루'만 고집하는 빵집이 있는가 하면, 다양한 밀가루를 섞은 '혼합 밀'로 깊은 맛을 담아낸 빵을 파는 집도 있습니다. 빵집마다 특화된 빵을 주로 모닝세트에 넣어 판매하니, 모닝세트는 각 빵집의 개성을 느낄 수 있는 좋은 기회입니다.

By92 추천

도쿄

베이커리

메종 랑드메네

メゾン・ランドゥメンヌ 麻布台

MAISON LANDEMAINE

롯폰기 끝자락이자 아자부다이(麻布台) 초입에 위치한 이곳은 여행자의 발걸음은 뜸하지만 도쿄 사람들에게는 초창기부터 꾸준히 인기를 끌고 있는 베이커리 카페입니다. 모닝세트에는 프렌치토스트 세트(パン・ペルデュセット), 오믈렛&빵 세트(オムレツセット), 스크램블드에그&빵 세트(スクランブルエッグセット) 등이 있으며, 모두 기대 이상의 맛을 자랑합니다.

이 집에서 꼭 먹어보아야 할 메뉴는 '스페셜티 크루아상'으로, 프레니와 자포네 두 가지 종류가 있습니다. 고가의 발효 버터인 레스퀴르(Lescure)를 사용하여 가격은 다소 높은 편입니다. 하지만 크루아상 마니아라면 그 차이를 알아볼 만큼 깊은 풍미를 지니고 있고 다른 크루아상보다 사이즈도 큽니다. 프렌치 크루아상은 겉이 바삭하고 속이 찰진 식감이고, 일본풍 크루아상인 자포네 크루아상(ジャポネクロワッサン)은 생지가 더 촉촉한 편입니다. 또한 프렌치 크루아상이 다소 묵직하고 농후한 맛이라면 자포네 크루아상은 산뜻하고 깔끔한 맛입니다. 프렌치 크루아상도 자포네 크루아상도 오픈 초기에는 매장 앞에 장사진을 칠 만큼 인기가 많아 구매 수량을 제한했습니다. 하지만 붐이 지나간 지금은 사고 싶은 만큼 크루아상을 살 수 있습니다. 또 하나 강력히 추천하는 메뉴는 트라디시옹(Tradition). 바삭한 표면 안에 보드라운 질감을 지닌, 갓 구워낸 트라디시옹은 눈이 번쩍 뜨이는 맛입니다. 서울로 가져오고 싶을 만큼 욕심나는 맛이지만 그럴 수 없으니, 버터와 잼과 함께 사서 호텔 방에 두었다가 출출할 때 먹는 것으로 아쉬움을 달래곤 합니다.

주소 港区麻布台3-1-5
찾아가는 법 오에도센(大江戸線) 또는 히비야센(日比谷線) 롯폰기(六本木)역에서 도보 10분, 난보쿠센(南北線) 롯폰기잇초메(六本木1丁目)역에서 도보 10분
홈페이지 https://www.maisonlandemainejapon.com/
구글 키워드 메종 랑드메네 아자부다이

없는 게 없는 **콤비니쇼쿠**

'구직 활동을 전혀 한 적 없는 서른여섯 살 대졸 미혼 여성 후루쿠라 게이코(古倉惠子)는 18년째 오직 편의점 아르바이트로만 생계를 이어가고 있는 프리터(정규직을 갖지 않고 살아가는 파트타이머)다. 한 번도 연애를 해본 적이 없고 매일 콤비니쇼쿠(コンビニ食, 편의점에서 파는 식품·도시락 등)로 끼니를 때우며, 주 3회 편의점 계산대에 서서 일할 때가 그녀가 세상과 접점을 갖는 유일한 시간이다.' 2016년 아쿠다가와상(芥川賞, 일본의 문학상)을 수상한 무라타 사야카(村田沙耶香)의 자전적 소설 〈편의점 인간(원제 コンビニ人間)〉의 일부입니다.

뜬금없이 이 책의 한 구절을 소개한 이유는 '편의점'이란 단어의 상징성 때문입니다. 100만 부 넘게 팔린 이 책이 수많은 독자를 사로잡은 건, 일본인의 일상에서 떼어낼래야 떼어낼 수 없는 '편의점'이 이야기의 통로가 되고 있어서라고도 볼 수 있습니다. 이를 말해주듯이 주인공은 잘 정돈된 편의점에 있을 때야말로 가장 큰 안도감을 느낍니다. 편의점이 가장 편안한 공간이라는 것은 대다수 일본 사람들이 공감하는 부분이 아닐까 싶습니다.

특히 이른 아침 출근 시간대에 편의점에서는 직장인과 학생들이 오니기리(お握り, 주먹밥), 다마고산도, 벤또 등의 콤비니쇼쿠를 선 채로 먹고 있는 광경을 흔히 볼 수 있습니다. 아침부터 편의점에 사람이 넘쳐나는 이유는 가장 빠르게, 가장 저렴하게, 맛있게, 마음 편하게 끼니를 때울 수 있는 곳이기 때문입니다.

전국에 5만 5,000여 개가 넘는 편의점이 있고 매월 평균 14억 명이 편의점을 방문한다고 하니, 편의점은 일본인의 일상 그 자체라고 할 수 있습니다. 일본 편의점은 일상생활에 필요한 모든 것을 판매하지만 그중에서도 '고퀄리티 한 끼'로 여행자들에게도 명성이 자자한 콤비니쇼쿠야말로 편의점의 화룡점정. 편의점에서 끼니를 해결하는 일본 직장인들에게 가장 인기 있는 메뉴 몇 가지를 알아두면, 여행자도 편의점 미식의 지평을 더 넓힐 수 있을 것입니다.

By92 추천

도쿄

편의점

다마고산도로 콤비니쇼쿠의
세계를 제패하다, 세븐일레븐

セブンイレブン

일본 사람들은 집에서 다마고산도가 성공적으로 잘 만들어졌을 때 "편의점에서 파는 것 같다"라고 말하곤 합니다. 대개 세븐일레븐의 다마고산도를 두고 하는 말로, 세븐일레븐 것이 여타 편의점보다 월등히 맛이 좋아서 다마고산도의 표본처럼 되었기 때문입니다. 라이프스타일 미디어 MACARONI가 2017년 조사한 바에 따르면, '도쿄 빵집 셰프 121명이 선택한 편의점빵(コンビニパン) 베스트 10' 중 무려 여섯 제품이 세븐일레븐 빵이었고, 이 중 다마고산도가 1위였습니다. 반숙 달걀과 완숙 달걀을 적정 비율로 섞은 달걀 페이스트, 가라시(辛し, 일본 겨자)가 살짝 들어간 마요네즈, 버터, 설탕, 그리고 '비밀의 한 방'이 들어간 필링을 넣은 세븐일레븐의 다마고산도는 고급스러운 풍미를 내어 많이 먹어도 질리지 않는 맛입니다. 카고메(カゴメ, 토마토 주스 제조업체 명) 토마토주스와 함께 먹으면 아침 식사로도 완벽합니다.

놀랍게도 세븐일레븐의 샌드위치 가운데 가장 인기 있는 샌드위치는 다마고산도가 아니라 레터스 샌드위치(シャキシャキレタスサンド)입니다. 하지만 직접 먹어 보면 납득이 갑니다. 아삭아삭 씹히는 신선한 양상추와 퀄리티 좋은 햄과 치즈가 알맞게 들어가 있어서 맛도 좋고 건강을 생각하는 사람들에게도 환영받는 빵입니다. 그다음으로 인기인 제품은 셰프들도 맛을 인정한 카레빵(たっぷりこく旨カレーパン)으로, 고기와 야채가 든 카레가 속재료로 가득 채워져 있습니다. 순한 단맛이 나는 연유밀크크림을 바른 연유밀크프랑스(たっぷり練乳ミルクフランス)도 마니아가 많습니다. 새우가 듬뿍 든 에비카츠 산도(海老カツサンド, 새우커틀릿샌드위치), 간장 소스로 간을 한 로스트비프 샌드위치(ローストビーフサンド), 롤빵을 사용한 다마고 샐러드롤(ふんわりコッペのたまごサラダロール)도 강력히 추천합니다.

프리미엄 시리즈가
특히 맛있는 곳, 훼밀리마트

ファミリーマート

세븐일레븐이 일본에 상륙한 1973년, 일본 로컬 브랜드 편의점도 문을 열었습니다. 업계 1위인 세븐일레븐과 근소한 차이로 업계 2위를 유지해온 로컬 브랜드 편의점이 바로 훼밀리마트. 훼밀리마트의 1등 메뉴는 얇게 채 썬 양배추와 치킨이 듬뿍 들어간 데리야키 치킨 토르티야(トルティーヤテリヤキチキン)입니다. 모찌모찌 구루미 빵(もちもちくるみパン)도 스테디셀러. 저렴한 가격에 비해 호두가 많이 들어간 이 빵은 일본 대부분의 빵집에서 판매할 만큼 대접받고 있습니다. 그래서 이 빵의 맛이 각 빵집의 내공을 가늠하는 바로미터로 여겨지는데, 훼밀리마트의 것은 웬만한 유명 빵집과도 비견될 맛을 지니고 있습니다.

주로 '화미마(ファミマ)'라는 애칭으로 불리는 훼밀리마트에서 빵을 고르는 팁 중 하나는 '화미마 프리미엄 시리즈(Famima Premium Series, ファミマプレミアムシリーズ)' 중에서 고르는 것입니다. 이를테면 매콤한 소스를 발라 오븐에 구운 뒤 불맛을 입힌 소고기 햄버거 '아부리규야키니쿠 버거(炙り牛焼肉バーガー)', 12가지 종류의 특제 양념과 허브로 맛을 낸 '화미마 프리미엄 치킨(ファミマプレミアムチキン)' 등 어떤 것을 시도해도 모두 맛이 좋습니다. 디저트 중에는 쇼콜라푸딩(くちどけ贅沢ショコラプリン)을 추천합니다. 네 가지 초콜릿으로 농후한 맛을 낸 푸딩에 고소한 아몬드를 뿌려 먹는 이 쇼콜라푸딩도 디저트 전문 숍에 비견되는 훌륭한 맛입니다. 비터 초콜릿(카카오매스의 양을 늘리고 코코아지방을 적게 한 초콜릿)을 사용해서 너무 달지도 않고 따뜻한 커피와 먹기에도 아주 좋습니다.

생각 없이 골라 먹어도 맛있는
도쿄의 **프랜차이즈**

　　도쿄는 어떤 프랜차이즈 식당을 가든 기대 이상의 음식을 맛볼 수 있습니다. 어떤 곳은 웬만한 레스토랑을 능가할 정도로 맛이 좋습니다. 특히 로컬 프랜차이즈는 가게마다 고유한 메뉴가 있고, 오래도록 사랑을 받는 스테디셀러 메뉴도 여럿 가지고 있습니다. 모두 일류 셰프가 처음부터 끝까지 조리한 듯한 퀄리티입니다. 수입 프랜차이즈도 세계 공통 메뉴 외에 자체 개발 메뉴, 즉 일본 한정판 메뉴를 가지고 있습니다. 주목할 점은 일본 한정판 메뉴의 맛이 탁월함은 물론이고, 어느 도시에나 있는 세계 공통의 메뉴조차 일본에서 맛이 업그레이드된다는 점입니다.

　　규격화된 음식을 다루는 프랜차이즈 식당에서 매뉴얼을 따르는 것은 당연한 일입니다. 그런데 특히 일본 프랜차이즈 식당은 매뉴얼이 정교하고 매뉴얼을 따르는 방식이 놀라울 정도로 철두철미합니다. 프렌치프라이 폐기 시간 등 조리 음식의 관리법부터 행주 접는 방법, 주방 정리 방법, 기기 세척 방법, 테이블 위 비품의 위치와 간격 조절 방법, 홀 청소 방법, 계산대 작업 방식, 오모테나시 등 하나부터 열까지 치밀하게 적힌 까다로운 매뉴얼을 직원 모두가 한 치의 오차도 없이 수행합니다. 소스 제조 매뉴얼을 예로 들면, '오른손으로 믹서 날을 그릇의 바닥에 직각으로 꽂고 왼손으로는 그릇의 윗부분을 누르듯 단단히 잡은 상태에서 믹서를 우로 12회, 좌로 12회 각각 10초간 돌린 후 다시 좌로 10회, 우로 10회 돌리고, 2분 30초간 냉장 후에 동일 동작을 3번 반복하라'는 식으로 세세한 동작마저 정해둡니다. 그리고 모두 마치 정교한 기계처럼 어떤 디테일도 놓치지 않고 매뉴얼대로 정확히 조리하여 '늘 변함 없는 완벽한 맛'을 냅니다. 1초라도 0.1mg이라도 틀리면 처음부터 다시 조리를 시작합니다. 이처럼 미련스러울 만큼 우직한 일본인의 기질이야말로 도쿄 프랜차이즈 식당 맛의 비결이기도 합니다.

도쿄 프랜차이즈 맛의 비결은 효율적인 아웃소싱 방식에서도 찾을 수 있습니다. 자체 생산 라인이나 매장 주방에서 직접 만드는 메뉴 외에는 해당 분야의 전문 업체에 의뢰합니다. 솜씨 좋은 장인이 만든 수제 케이크 등의 스페셜 메뉴들이 바로 그것. 프랜차이즈에 힘을 싣는 요인 중 하나라고 할 수 있습니다.

By92 추천

도쿄

프랜차이즈

툴리즈

Tully's

1997년 미국에서 일본에 처음 들어온 툴리즈(タリ
ーズコーヒー, 일어 발음은 타리즈코히)는 특히 직장인이 선호하는 수입 프랜차이
즈입니다. 툴리즈가 스타벅스를 제치고 직장인들에게 압도적으로 지지받는
이유는 '합리성' 때문인데요. 상대적으로 저렴한 가격, 화려하지 않아 누구라
도 쉽게 문을 열고 들어갈 수 있는 '조금은 만만한 분위기', 독자적인 메뉴 등
합리성을 중시하는 사람들에게 특히 인기입니다.

꿀과 생크림을 토핑한 '와플&음료', 매콤한 유자후추(유즈코쇼, 柚子胡椒)
가 들어간 '다마고산도&음료' 등의 모닝세트가 있습니다. 하지만 툴리즈의 킬
러 메뉴는 따로 있습니다. 먹을 때마다 감탄을 부르는 '모차렐라와 페퍼 햄 포
카차(モッツァレラとペッパーハムのフォカッチャ)'로, 붉은빛이 살짝 감도는 둥근
포카차(흔히 보는 포카차와 달리 동그랗게 구워낸 것이 특징) 안에 프레시 햄과 모
차렐라치즈, 치즈소스, 새콤한 드라이 토마토를 샌딩한 핫 샌드위치입니다.
아쉬운 점은 하마마츠역 지점(日本生命浜松町クレアタワー店)과 롯폰기(六本木)점
등 특정 매장에서만 파는 메뉴라는 것.

'말라사다비그레&오렌지(マラサダビグレ&オレンジ)'라는 도넛은 커피와
찰떡 궁합. 도넛 안에 핑크 자몽과 오렌지 필로 만든 마멀레이드가 들어 있는데,
달콤한 맛과 산미가 본고장인 하와이의 말라사다를 몇 배 웃도는 맛이에요.

| 명품 포카차 샌드위치가 있는 **하마마츠초**(浜松町) 매장 |

주소　港区浜松町2-3-1 日本生命浜松町クレアタワー 1F
찾아가는 법　지하철 오에도선(大江戸線) 다이몬(大門)역 건너
　　　　　　편에 위치
홈페이지　https://www.tullys.co.jp/
구글 키워드　Tully's Coffee - Nippon Life Hamamatsucho
　　　　　　Crea Tower

| **롯폰기**(六本木) 매장 |

주소　港区六本木5-1-3 ゴトウビルディング1st 1F
찾아가는 법　지하철 히비야센(日比谷線) 롯폰기 (六本木)역에
　　　　　　서 도보 5분
구글 키워드　Tully's Coffee roppongi 5-1-3

폴

PAUL

해외 점포만도 무려 700개가 넘는 프랑스의 130년 노포 베이커리 폴(PAUL). 한국에도 들어왔지만 이내 철수한 폴은 도쿄에 입성한 지 30년이 다되어 가는데, 점포가 26개에 이를 만큼 일본에서는 꾸준한 인기를 누리고 있습니다. 꾸준한 인기는 역시 차별화된 일본 한정판 메뉴와 특유의 기획력 덕. 매장마다 조금씩 다르게 구성된 모닝세트로 줄을 세우는 곳이 많습니다. 어느 매장에나 공통적으로 있는 폴의 모닝세트(08:00~11:00)는 갓 구워낸 빵에 커피를 곁들이는 단출한 구성이지만, 11시까지 리필이 가능한 커피 맛이 아주 좋고, 음료 주문 시 팽오쇼콜라, 타르트, 크루아상 등 다양한 빵 중에서 하나를 고를 수 있어서 주변 직장인들에게 아주 인기입니다. 특히 지하철역과 마주하고 있는 롯폰기 이즈미가든타워(泉ガーデンタワー)의 매장은 바로 앞에 야외처럼 뻥 뚫린 실내 공간과 모던한 중정이 있어 분위기도 만점.

한 곳 더 꼭 추천해 드리고픈 폴 매장은, JR 요쓰야(四谷)역과 연계된 쇼핑몰 아트레(ATRE) 1층에 자리한 '폴 아토레 요쓰야점(PAULアトレ四谷店)'. 일요일 아침 8~10시에 운영되는 '모닝 빵 뷔페'가 무척 알차서 인기가 높은 곳인데, 이 뷔페에는 빵만 있는 게 아닙니다. 빵 중심이지만 어니언수프, 오믈렛, 새우그라탱, 토마토 펜네, 캐롯라페(Carottes Rapees), 콜리플라워&치킨샐러드, 소시지 등 다채로운 메뉴로 구성되어 있습니다. 여러모로 알찬 모닝 빵 뷔페로, 일요일마다 아침 일찍부터 매장 앞에 긴 줄이 생깁니다.

| 롯폰기 이즈미가든 타워 매장 |

주소 港区六本木1-6-1 泉ガーデンタワー 1F
찾아가는 법 지하철 난보쿠센(南北線) 롯폰기잇초메(六本木一丁目)역에서 바로
홈페이지 https://www.facebook.com/paul1889.japan
구글 키워드 PAUL 이즈미가든

| 폴 아트레 PAUL ATRE 요쓰야점 |

주소 新宿区四谷1-5-25 アトレ四谷 1F
찾아가는 법 JR 요쓰야(六本木一丁目)역에서 바로
홈페이지 https://www.pasconet.co.jp/paul/index.html
구글 키워드 PAUL atre Yotsuya

인기만점 로컬 프랜차이즈
커피숍, 도토루
DOUTOR

로컬 프랜차이즈 중 최고의 인기를 누리고 있는 커피 프랜차이즈 도토루는 1980년 출범했습니다. 도토루가 롱런하는 비결은 다양한 연령층에게 두루 어필하는 메뉴와 공간을 지녔다는 점입니다. 일단 커피 맛이 일본인의 가장 보편적인 입맛에 맞춰져 있고, 저렴한 가격대에 비해 수준 높은 음식을 맛볼 수 있습니다. 흡연 공간이 따로 마련된 점 또한 다양한 고객층을 확보하는 이유입니다. 수입 프랜차이즈들의 화려하고 적극적인 접객 방식보다 도토루의 '조용한 서비스'에 마음이 편해서 자주 이용한다는 사람도 많습니다. 그래선지 도토루 매장에서는 홀로 온 손님이 무언가에 조용히 열중하고 있는 모습을 쉽게 볼 수 있습니다.

뭐니 뭐니 해도 손님의 마음을 사로잡는 가장 큰 이유는 맛있는 음식과 커피. 매장마다 조금씩 차이가 있지만 아침 메뉴(朝カフェセット)는 보통 세 가지가 있습니다. 바삭하게 구운 토스트에 햄, 다마고(달걀)샐러드, 양상추, 토마토를 넣은 샌드위치와 커피(朝カフェセットAハムタマゴサラダ), 와사비 마요네즈를 바르고 반숙 달걀과 구운 치킨, 양상추를 넣은 샌드위치와 커피(朝カフェセットBスモークチキンと半熟たまご), 머스터드를 바른 풍미 좋은 소프트 프랑스 빵에 수제 소시지를 샌딩한 도토루의 베스트셀러, 저먼도그(朝カフェセットCジャーマンドック) 등. 콜라겐 케이싱(인조 창자)이 아닌 양장(양의 창자)을 사용한 고품질 수제 저먼도그에는 일본식 양념이 들어가 독특한 풍미를 냅니다.

아침 메뉴 외에도 꼭 맛보아야 할 메뉴가 많습니다. 칼초네(밀가루 반죽 사이에 고기·치즈·야채를 넣고 오븐에 구운 이탈리아 요리)와 풍성한 재료를 쓴 밀라노 샌드위치(ミラノサンド) 시리즈도 모두 전문점급 맛입니다. 그중에서도 아보카도, 새우, 훈제 연어를 후하게 넣은 밀라노 샌드, 비프 파스트라미와 프레시 햄을 넣은 밀라노 샌드를 강력 추천합니다. 슈, 몽블랑, 망고 밀크레이프 등 도토루의 디저트 또한 웬만한 전문 케이크 숍 못지않게 맛있습니다.

도토루는 일반 매장 외에 두 가지 '콘셉트 매장'을 운영하고 있습니다. 레트로 콘셉트의 '도토루 코히노엔(ドトール珈琲農園, 도토루 커피 농원)'은 커

피 외에 스페셜 식사 메뉴로 오무라이스, 비프 카레라이스, 시푸드 파에야 (Paella) 등을 판매하고 있는데, 모두 레스토랑 버금가는 맛입니다. 레트로한 플레이팅이 돋보이는 클래식한 팬케이크와 보드라운 시폰 케이크도 강력 추천 메뉴. 도토루 코히노엔 중 여행자가 비교적 찾아가기 편한 매장은 가쿠게 이다이가쿠(学芸大学)역 앞 매장입니다.

또 하나의 특별 콘셉트 매장은 센다이시(仙台市)와 하네다(羽田)공항 제1 여객터미널 빌딩에 있는 '저먼도그 카페 도토루(German dog café Doutor)'입 니다. 전문 요리사가 만든 저먼도그를 파는 저먼도그 전문 매장으로, 저먼도 그를 다양한 버전으로 맛볼 수 있는 곳인데요. 토핑은 레터스 외에 치킨 커리 나 스파이시 살사 등 7가지 중 고를 수 있습니다. 주문하면 주방에서 요란하 게 지글거리는 소리가 들려오는데, 삶은 소시지를 철판에 바로 구워서 내주 기 때문입니다. 로스트 과정 없이 삶기만 해서 내주는 일반 매장의 저먼도그 보다 맛과 풍미가 배로 풍성하지요. 수제 소시지를 좋아하는 사람이라면 귀 국 시 하네다공항에서 꼭 맛보고 갈 만한 메뉴입니다.

| 도토루 코히노엔(ドトール珈琲農園) - 메구로구 매장 |

주소 目黒区鷹番3-6-1 第一ストアビル 2F
찾아가는 법 도큐토요코센(東急東横線) 가쿠게이다이가쿠(学芸大学)
　　　　　　　역에서 바로
홈페이지 https://www.doutor.co.jp/thefarm/
구글 키워드 meguro xbody lab takaban 3-6-1 (같은 건물에 위치)

| 저먼도그 카페 도토루(German dog café Doutor) - 하네다공항 매장 |

주소 大田区羽田空港3-3-2 羽田空港第1旅客ターミナル B1F
홈페이지 http://www.doutor.co.jp/
구글 키워드 Doutor Coffee Shop, Haneda Airport(inside
　　　　　　　terminal 1)

걷기 좋아하는 사람에게 매력적인 동네,
기타자와

기타자와(北沢)는 뚜벅뚜벅 걷기 좋아하는 사람에게는 꽤 매력적인 동네입니다. 한적한 주택가가 이어지는 정적인 거리이지만, 이곳의 입구 격인 히가시키타자와역(東北沢駅) 앞뒤로는 소위 '잘나가는 구'인 시부야구(渋谷区)와 메구로구(目黒区)가 맞닿아 있고, 양옆으로는 미식의 동네인 요요기우에하라(代々木上原)와 합리적인 가격대의 밥집이 많은 시모키타자와(下北沢)가 있습니다. 남쪽으로는 지성의 거리(도쿄대학교 캠퍼스가 있는 곳)라 불리는 고마바(駒場)가, 북쪽으로는 소박하면서도 살짝 도회적인 느낌의 사사즈카(笹塚)가 있고요. 네 곳 모두 도보로 10~15분 거리입니다. 인근에 살면 홀쩍

마실 다녀오기 좋은 동네들로 둘러싸여 있는 셈입니다. 그래서인지 히가시키타자와에는 젊은 세대와 소로카츠(ソロ活, 솔로 활동. 무리 짓지 않고 홀로 이것저것 즐기며 활동하는 것)를 즐기는 사람들이 유독 많이 살고 있습니다.

무념무상에 젖어 걷다 보면 고마바공원(駒場公園)과 요요기공원(代々木公園)이 차례로 나타납니다. 걷다 지쳤을 때 잠시 쉬어 가기 좋은 곳이지요. 식료품에 관심이 있으면 역에서 북쪽으로 있는 마이바스케토(まいばすけっと)라는 슈퍼마켓에 들러 장을 볼 수도 있습니다. '호사카(和菓子ほさか)'라는 1952년에 문을 연 작은 노포 수제 화과자점도 있습니다. 부부가 화과자를 만들어서 파는 곳인데요. 낡은 유리 진열장에는 당일 만든 화과자가 한가득 있습니다. 긴자 같은 핫플레이스에 있는 고급 브랜드 화과자점과는 또 다른, 정감 넘치는 지역 밀착형 화과자점이라고 할 수 있습니다. 동네 화과자점에서 좀처럼 보기 힘든 조나마가시(上生菓子, 주로 극진히 대접할 때 내는, 꽃감이나 벚꽃 형태로 빚은 화과자)도 판매하는데, 품이 많이 드는 만큼 모양도 곱고 맛도 좋아 선물용으로도 좋습니다. 또 많이 달지 않은 만주(饅頭, 밀가루로 반죽한 얇은 피에 콩소나 팥소·밤·호두 등을 넣고 찐 화과자), 쿠리 요캉(栗ようかん, 밤 양갱) 등 오차(お茶, 일본 차의 총칭)와 함께 즐기기 좋은 화과자들이 있습니다.

part 3

진정한 미식가라면 놓치면 안 되는 계절 음식

한 마디로 종결되는
제철 음식, 스시

와쇼쿠의 대명사 스시(寿司, すし, 鮨, 초밥). 설명이 필요 없을 만큼 세계 각지에서 명성을 날리는 요리이지요. 스시를 더 맛있게 즐기기 위해 알아두면 좋을 몇 가지 이야기를 소개할까 합니다.

스시는 기원전 4세기경 동남아시아 산간 지방에서 유래했다는 것이 정설입니다. 민물고기를 오래 보존하기 위해 찌거나 삶은 쌀 등의 곡류(주로 쌀)로 절여 발효시켜 먹었는데, 이것이 나라 시대에 쌀 농사법과 함께 중국에서 일본으로 전해졌다고 합니다. 소금을 뿌린 생선 살과 쌀밥을 번갈아 나무통에 겹겹이 쌓은 뒤 그 위에 누름돌을 올리고 발효시킨 '나레즈시(なれずし, 熟れ鮨)'가 그것. 당시 나레즈시의 주재료는 붕어와 은어였습니다. 지금도 다양한 형태의 나레즈시가

있지만, 특유의 발효 향 때문에 좋아하지 않는 사람이 많습니다. 하지만 한번 나레즈시 맛을 알면, 다른 스시는 먹지 않게 될 정도로 중독성 있는 맛입니다. 마치 홍어회 맛을 아는 사람이 그 맛을 제일로 치는 것과 비슷하달까요.

세계인이 보편적으로 알고 있는 스시는 에도 시대 말기 에도에서 유행한 야타이에서 탄생했습니다. 밥을 손으로 쥐고 와사비와 생선을 올려 곧바로 손님에게 건네주는 '니기리즈시(握り寿司, '니기리'는 손으로 쥔다는 뜻)'입니다. 이 니기리즈시가 현재 세계 각지에서 만날 수 있는 가장 보편적인 스시입니다. 주로 에도마에(江戸前, 東京湾, 도쿄만)에서 잡히는 어패류와 김 등으로 만들어서 '에도마에즈시(江戸前寿司)'라고도 불렀습니다.

메이지 시대까지 야타이가 주무대였던 스시가 실내 식당으로 들어오게 된 이유는 야타이에서 날음식을 취급하는 것이 금지되었기 때문입니다. 스시야(寿司屋, 스시집)의 전형이라 할 수 있는 카운터 방식은 야타이의 형식이 그대로 실내로 옮겨진 것입니다. 니기리즈시, 즉 에도마에즈시가 일본 각지에서 대세 스시가 되고, '바라즈시(ばら寿司, 오카야마현의 향토 스시)', '마스즈시(鱒鮨, ますずし, 도야마현의 향토 스시)' 등 다양한 스시로 진화한 데에는 의외의 계기가 있습니다. 20세기 초 대지진 당시 황폐화된 에도를 떠난 수많은 스시 쇼쿠닌(寿司職人, 스시 장인)들이 각지로 흩어지면서 일본 전국으로 니기리즈시가 전파되었고, 이후 스시 장인들이 니기리즈

시를 토대로 변주한 스시들이 각지 향토 요리로 자리 잡게 된 것입니다.

참고로 바라즈시, 즉 지라시즈시(ちらし寿司)는 식초 등으로 간한 밥 위에 사시미, 달걀지단, 야채, 김 등을 올린 스시입니다. 마스즈시는 송어 초밥으로, 발효시키지 않고 식초로 간한 오시즈시(押し鮨, おしずし)의 한 종류입니다. 오시즈시는 상자에 스시용 밥을 넣고 그 위에 생선을 올린 뒤 뚜껑으로 세게 눌러서 만든 스시입니다.

스시를 먹을 때 알아두면 좋을 용어가 몇 개 있는데요. 스시는 밥 위에 생선 등의 재료를 올린 요리로, 이 밥을 '샤리(しゃり, 석가의 유골 형태와 빛깔이 쌀과 비슷하다 하여 붙여진 이름)'라고 합니다. 밥 위에 올리는 생선이나 기타 재료는 '네타(ネタ)'라고 합니다. 네타는 '스시다네(寿司だね, 초밥 재료)'의 '다네'를 거꾸로 읽은 것으로, 스시 장인들 사이에서 은어로 쓰이지만 손님은 잘 사용하지 않는 말입니다. 스시를 먹을 때 간간이 곁들여 먹는 생강 초절임을 '가리(がり, 생강을 썹을 때 나는 소리에서 딴 이름)', 스시를 찍어 먹는 간장을 '무라사키(ムラサキ, '자색'이란 뜻으로 간장 빛깔이 진한 보라색과 흡사해서 붙여진 이름)', 와사비를 '나미다(なみだ, '눈물'이라는 뜻으로 와사비가 너무 세면 눈물이 핑 돈다고 해서 붙여진 이름)'라고 부릅니다.

By92 추천

도쿄 스시

맛집

마쓰에

松栄

가격적으로 크게 부담되지 않는 캐주얼한 오마카세(お任せ, 요리사에게 주문을 전적으로 위탁하는 방식) 스시야(寿司屋, 스시집) 중 만족도가 높은 집으로 에비스(恵比寿)에 있는 마쓰에(松栄) 본점을 꼽을 수 있습니다. 마쓰에 본점은 원래 '마쓰에스시(松栄寿司)'라는 이름으로 1966년부터 대를 이어오다가, 1992년 리모델링하여 다시 오픈한 이후에도 꾸준한 인기를 누리고 있는 스시야입니다.

고급 스시야와 마찬가지로 이곳도 카운터 자리를 예약하면 요리사와 시시때때로 소통하며 나의 입맛에 맞춰진 서비스를 받을 수 있습니다. 아주 예민한 미각을 가진 스시 애호가를 위한 고급 스시야는 아니지만, 당일 들어온 신선한 재료로 쥐어 주는 스시 맛은 평균을 훨씬 웃도는 맛. 20, 30년 동안 이 집만을 찾는 단골손님도 많습니다.

에비스 본점 외에도 에비스 히가시구치(恵比寿東口)점과 롯폰기(六本木)점이 있지만 왠지 역사가 가장 긴 본점이 맛도 멋도 더 있는 것처럼 느껴집니다. 오마카세 가격대도 에비스의 높은 물가를 감안하면 꽤 합리적인 편입니다. 늘 깔끔하게 손질된 재료가 가지런히 놓여 있는 네타 보관함만 들여다보고 있어도 배가 불러오는 느낌이 드는 곳입니다.

주소 渋谷区恵比寿南1-2-4
찾아가는 법 지하철 히비야센(日比谷線) 에비스(恵比寿)역 5
번 출구에서 도보 2분, 또는 JR 에비스(恵比寿)역
서쪽 출구(西口)에서 도보 3분
홈페이지 http://www.matsue.cc/jp/ebisu/
구글 키워드 스시 마츠에

신바시 시미즈

新ばししみづ

예산은 부족하지만 스시의 맛을 포기할 수 없다면 런치코스나 런치세트를 공략하는 것도 방법입니다. 그중에서도 신바시에 위치한 신바시 시미즈(新ばししみづ)를 추천합니다. 정통파 에도마에즈시를 합리적인 가격에 즐길 수 있는 곳인데요. 에도마에즈시는 에도의 향토 요리이자 오늘날 가장 보편적으로 알려진 스시입니다. 그중 가장 대표적인 스시가 작게 쥔 스메시(酢飯, 식초·설탕·소금·술 등으로 간한 스시용 밥)에 다네(タネ, 스시용 생선) 또는 네타를 올린 니기리즈시(握り寿司)입니다.

이곳의 스시 장인인 시미즈 구니히로(清水邦浩)는 수년 전 미쉐린의 별을 정중히 사양한 특이한 이력을 갖고 있습니다. 이유는 '초심으로 돌아가 새롭게 시작하겠다고 결의한 시점'이었기 때문입니다. 더 큰 이유는 "스시쇼쿠닌(스시 장인)으로서 보람을 느끼지만, 기본적으로는 자신이 만든 스시에 대한 대가를 받고 그것으로 먹고 살아갈 뿐, 스타도 훌륭한 사람도 아닌데 과도한 관심은 일에 방해가 될 뿐이니 사양한 것"이라고 합니다. 그는 가까운 미래에 지금과 같이 격식을 차린 스시야가 아닌, 1인당 3,000엔쯤 하는 아주 작은 다치구이스시야(立ち食い寿司屋, 서서 먹는 스시집)를 내겠다는 소박한 꿈을 가진 스시 장인입니다.

주소 港区西新橋2-15-10
찾아가는 법 JR 신바시(新橋)역 가라스모리 출구(烏森口)에서 도보 3분
구글 키워드 신바시 시미즈

스시 먹는 방법

스시의 구성과 순서를 전적으로 스시 장인에게 맡기는 '오마카세'가 아니라, 하나하나 스스로 주문해야 하는 경우 무엇을 주문해야 할지, 어떤 순서로 먹어야 할지 고민될 수 있습니다. 하지만 스시를 먹는 데 정해진 순서는 없습니다. 무엇을 먼저 먹고 무엇을 나중에 먹을지는 순전히 먹는 사람 마음입니다. 단, 스시 장인들이 권하는 순서는 있습니다. 이 순서에 따르면, 담백한 맛(광어, 도미 등 흰살생선)으로 시작해서 삶은 재료, 진한 맛(성게알 등) 순으로 먹고 마키즈시(巻き寿司, 김으로 만 초밥)로 마무리하는 것이 좋습니다. 오오토로(おおとろ, 참치 뱃살)같이 기름진 맛으로 시작하면 기름기가 입안에 남아 미각을 방해하기 때문입니다. 마지막에 마키즈시는 입안을 개운하게 해주는 역할을 합니다. 흰살생선→참치→등 푸른 생선→오징어→달걀말이→조개류→새우→붕장어→마키즈시의 순서를 기억하면 좋습니다. 또한 맛이 진한 스시를 먹으면 반드시 오차, 가리(ガリ, 생강 초절임) 등으로 입안을 한 번 진정시켜 줘야, 다음 스시의 풍미를 제대로 느낄 수 있습니다.

스시 예절

특히 스시쇼쿠닌이 스시를 직접 쥐어 내주는, 카운터가 있는 스시야에서 알아두어야 할 예절입니다.

1 향수를 진하게 뿌리고 가는 것은 실례입니다.
2 대화 도중이라도 스시는 스시쇼쿠닌이 쥐여 준 즉시 먹습니다. 이것이 스시쇼쿠닌에 대한 예의이기도 하고, 스시쇼쿠닌이 쥐여 준 직후 스시의 질감과 맛 상태가 가장 좋습니다.
3 젓가락이 엇나가서 네타(재료)와 샤리(밥)가 분리되었다고 해도 따로 먹으면 실례입니다. 이럴 때는 손으로 네타와 샤리를 합쳐 먹는 것이 좋습니다.

4   스시 하나는 한입에 다 먹도록 합니다. 두 번에 나눠 먹으면 재료가 분리되거나 마르고, 스시의 식감도 나빠집니다.

5   접시에 2관(貫, 스시를 세는 단위)을 담아 준 경우에도 일행과 나눠 먹는 것은 예의에 어긋납니다.

6   간장은 샤리가 아닌 샤리 위에 올려진 재료에 묻혀야 합니다. 재료를 따로 분리해 간장을 묻히고 다시 샤리 위에 올려 먹는 것도 예의에 어긋납니다.

7   군칸마키(軍艦巻き, 초밥을 김으로 싸고 꼭대기에 성게나 연어 알 등을 얹은 것)에는 직접 간장을 묻히면 재료가 흩어지므로, 먼저 가리에 간장을 넉넉히 묻힌 다음 가리에 묻은 간장을 재료 위에 떨어뜨려 먹습니다.

8   간장에 와사비를 지나치게 많이 푸는 것은 금물입니다. 과다한 와사비는 샤리는 물론 재료의 향과 맛을 해치기 때문입니다.

9   젓가락 받침대가 없을 때는 젓가락을 간장 접시 위에 살짝 걸쳐 놓습니다. 스시가 담긴 접시에 젓가락을 걸치거나, 간장 접시 위에 젓가락을 완전히 올려 놓는 것도 예의가 아닙니다.

10   식당에 지나치게 오래 머무는 것은 금물입니다. 고급 스시야라 하더라도 술을 마시면 2시간, 마시지 않으면 1시간 30분 정도 머무는 것이 예의입니다.

위 내용이 다소 까다롭게 느껴질 수 있지만, 스시쇼쿠닌이 있는 스시야나 가격대가 높은 스시야에서는 일반적으로 지키는 사항들이니 기억해 두면 좋겠습니다.

'이타마에'와 '스시쇼쿠닌'의 차이

혼동하기 쉬운 이타마에(板前)와 스시쇼쿠닌(寿司職人)에 대해 간단히 설명 드립니다. 먼저 이타마에는 와쇼쿠, 즉 일본 요리의 기술을 가진 모든 요리사를 가리킵니다. 도마 앞에서 일하는 모든 와쇼쿠 요리사를 통칭한다고 할 수 있습니다. 반면 스시쇼쿠닌은 와쇼쿠 중에서도 스시를 만드는 전문 기술을 가진 요리사를 가리킵니다. 마찬가지로 '뎀뿌라 쇼쿠닌'은 뎀뿌라 전문 요리사. 이타마에가 와쇼쿠 요리사에 대한 총칭이므로 스시쇼쿠닌를 이타마에라고 부를 수도 있습니다.

화끈한 불맛 한번 볼래?
뎃판야키

　　손님이 앉아 있는 테이블 안쪽에서 요리사가 직접 고기나 해산물, 야채 등을 순차적으로 구워서 건네주는 뎃판야키(鉄板焼き, 철판구이)는 역사가 아주 짧은 와쇼쿠입니다. 1940년대 중반까지만 해도 야타이에서 팔았지만 차차 전문 식당으로 무대를 옮겨갔고, 전기 프라이팬이 보급된 뒤에는 가정에서도 즐겨 먹는 요리가 되었습니다. 뎃판야키의 형식을 처음 도입한 곳은 고베의 스테이크 전문점 '미소노(みその, 1945~)'. 스시집에서 이타마에가 서서 스시를 쥐여주는 방식을 모델 삼아, 뎃판야키 요리 과정을 쇼처럼 보여주는 형식을 고안해낸 것입니다. 뎃판야키를 해외에 처음 선보인 것은 '베니하나(紅花)'라는 요식 업체. 도쿄올림픽이 열린 1964년 'BENIHANA'라는 이름으로 뉴욕에도 진출했는데요. 이

BENIHANA는 한때 서울에도 들어온 적이 있지요.

　　한국에서는 뎃판야키가 고급 요리라는 이미지가 있지만, 도쿄에서 뎃판야키는 꽤 여러 등급으로 나뉩니다. 오코노미야키(お好み焼き, 밀가루·양배추·어패류·고기 등을 반죽해 철판에 부쳐 먹는 요리)나 몬자야키(もんじゃ焼き, 오코노미야키와 비슷하나 반죽을 묽게 하여 철판 위에서 긁어내며 먹는 요리) 등을 포함하여 낮은 가격대의 뎃판야키를 파는 식당, 이보다는 조금 더 분위기가 있는 중간 가격대의 식당, 긴자의 '우카이테이(うかい亭)'와 같은 프리미엄급 식당입니다. 각기 다른 매력이 있지만, 도쿄 특유의 분위기를 느낄 수 있는 곳은 역시 도쿄의 보통 사람들이 가장 많이 찾는 중간 가격대의 뎃판야키 식당. 그중에서도 맥주와 함께 뎃판야키를 즐길 수 있는 떠들썩한 곳이 가장 도쿄다운 뎃판야키 식당이라고 할 수 있겠습니다. 기왕이면 이런 도쿄 특유의 분위기가 나는 식당에서 뎃판야키를 먹으면 제맛이겠지요.

By92 추천

도쿄 뎃판야키

맛집

야키노스케 야키타로

やきのすけ焼き太郎

전형적인 세레브타운인 니시아자부(西麻布)에는 유독 세련된 분위기의 뎃판야키집이 많습니다. 이런 뎃판야키 맛집들은 프라이빗한 공간에서 고기와 술을 즐기려는 도쿄의 미식가들이 원하는 멋과 맛을 동시에 충족시켜 주는데요. 야키노스케 야키타로(やきのすけ焼き太郎)는 롯폰기힐즈(六本木ヒルズ) 등의 화려한 야경을 내려다볼 수 있는 7층에 위치하고, 카운터석과 긴 테이블석을 보유한 분위기 좋은 공간입니다. 100가지를 웃도는 와인리스트도 있습니다. 뎃판야키 외에 싱싱한 성게 알을 올린 '우니 오믈렛(生ウニオムレツ)'도 인기 메뉴입니다.

주소 港区西麻布2-10-1 西麻布アジアビル 7F
찾아가는 법 지하철 지요다센(千代田線) 노기자카(乃木坂)역 5번 출구에서 도보 7분. 또는 지하철 히비야센(日比谷線) 롯폰기(六本木)역 1c 출구에서 도보 12분
홈페이지 http://www.yakitaro.jp/
구글 키워드 Yakinosuke yakitaro nishiazabu 2chome-10-1

웨스틴호텔 도쿄
뎃판야키 에비스
ウェスティンホテル東京鉄板焼恵比寿

웨스틴호텔 도쿄 22층에 위치한 이곳은 날이 좋을 때는 후지산(富士山)까지 내다볼 수 있는 시원한 전망과 클래식한 분위기를 지닌 곳입니다. 기모노 차림을 한 여성의 오모테나시만으로도 기분이 한껏 들뜨는 곳. 반원형 카운터석이 여러 개 있는데, 어디에 앉든 숙련된 셰프의 퍼포먼스를 만끽할 수 있습니다. 뎃판야키의 맛은 두말할 것 없이 훌륭합니다. 디너 가격이 부담스러우면 4~5종류의 다양한 뎃판야키 코스를 맛볼 수 있는 런치타임을 이용하면 됩니다. 식사 후 별도의 티룸으로 이동하면 차 한 잔과 농밀한 말차 아이스크림을 가져다 줍니다. 여행 예산이 적어도 한 번쯤 이곳 런치 메뉴를 먹는다면 여행의 만족도가 급상승할 곳. 런치타임은 비교적 한가한 편이니, 예약을 하지 않았더라도 갑자기 뎃판야키가 먹고 싶어질 때 꼭 들러보시기 바랍니다.

주소   目黒区三田1-4-1 ウェスティンホテル東京 22F
찾아가는 법   JR 에비스(恵比寿)역 동쪽 출구(東口)에서 도보
15분
홈페이지   https://www.yebisutokyo.com/jp/home
구글 키워드   테판야키 에비스

풍성한 수확의 계절에 먹는 별식,
가마메시

솥에 밥과 해산물, 닭고기, 야채 등의 재료를 넣고 소금, 간장, 술, 다시지루 등으로 조미해서 지은 일본 전통 요리를 '다키코미고항(炊き込みご飯)'이라고 합니다. 이 음식만 전문으로 파는 식당도 많을 만큼 도쿄 사람들이 평소 즐겨 먹는 와쇼쿠 중 하나인데요. 여러 재료가 가진 다양한 풍미가 고스란히 쌀에 배어, 따끈따끈하게 갓 지어낸 밥맛도 일품이고, 밥이 식어도 식은 대로 맛이 참 좋습니다. 식어도 맛이 좋다 보니 기차역이나 열차 내에서 벤또, 즉 도시락으로도 많이 팔립니다.

다키코미고항에도 몇 가지 종류가 있는데, 그중 전문점에서 주로 파는 가마메시가 특히 인기가 좋습니다. 작은 1인용 무쇠솥(釜) 또는 도나베(土鍋, 질냄비)에 지어서 솥째로 내주는 가마메시는 밥을 그릇에 덜지 않고 솥에서 직접 떠먹는다는 점, 솥 하나를 오롯이 혼자 누린다는 점이 특징입니다. 다른 다키코미고항과 재료와 조리법은 거의 비슷합니다.

이 가마메시를 최초로 고안한 사람은 아사쿠사(浅草)의 가마메시 전문점 '가마메시 하루(釜めし春, 아사쿠사에 현존하는 노포)'의 여주인. 100여 년 전 대지진 당시 커다란 솥에 대량으로 만들었던 비상식에 착안하여 1인용 솥에 지은 가마메시를 판 것이 시초입니다. 밥이 지어지는 동안 모든 재료의 풍미가 오롯이 솥 안 쌀에 담기게 되니 맛이 없을래야 없을 수 없습니다. 최근에는 한국에서도 맛볼 수 있는 와쇼쿠 중 하나가 되었지만 가마메시의 본고장 도쿄에 왔다면 오리지널의 맛도 한번 보고 가야겠지요.

도쿄 가마메시

맛집

가마메시 하루

釜めし春 浅草本店

전형적인 몬젠마치(門前町, 신사 앞에 조성된 거리)인 아사쿠사에는 가마메시의 격전지라 불릴 만큼 가마메시 전문점이 많습니다. 가마메시 발상지인 이 집도 신사 참배자들 덕에 번성한 곳입니다. 이곳의 가마메시가 불티나게 팔리자 조리법을 배우려는 이들이 생겼고, 여기서 기술을 전수받은 이들이 아사쿠사 일대에 가게를 열면서 아사쿠사는 가마메시 전문점이 가장 많은 동네가 되었습니다.

관광객과 참배자의 발길이 끊이지 않는 아사쿠사에는 가마메시집 외에도 와쇼쿠야, 양식당, 노포 등 다양한 종류의 식당이 있습니다. 선택지가 많다 보니 늘 무엇을 먹을지 고민되는 곳이지만, 가마메시가 가장 합리적인 선택일 수 있습니다. 1926년 창업한 원조 가마메시가 있는 곳이니까요.

가을에 이곳을 방문한다면 송이버섯 가마메시(松茸釜めし)를 추천합니다. 솥뚜껑을 여는 순간 진동하는 제철 송이의 향미만으로도 식욕이 올라옵니다. 뜨거운 김이 모락모락 나는 밥을 한 번 뒤섞고 호호 불어 한 입씩 떠먹으면 풍성한 향과 맛이 입안 전체로 퍼지죠. 마지막에 풍미가 짙게 담긴 오코게(おこげ), 즉 누룽지를 박박 긁어먹는 것도 잊으면 안 됩니다.

가마메시 하루는 밥을 지을 때 다시지루를 사용하지 않습니다. 보통 다시지루를 부어서 밥을 짓고 재료를 마지막에 넣는데, 이 집은 처음부터 재료를 넣고 다시지루가 아닌 일반 물로 밥을 짓습니다. 재료 본연의 맛만으로도 충분히 훌륭한 맛을 낼 만큼 엄선된 재료를 쓴다는 뜻입니다. 조미료는 오직 청주, 간장, 미림만 사용합니다. 새우, 게, 연어 알, 송이버섯 등이 들어간 '특상 가마메시(特上釜めし)'나 '도미 가마메시(鯛釜めし)' 등 몇몇 메뉴를 제외하곤 대체로 합리적인 가격대에 가마메시를 즐길 수 있습니다.

주소 台東区浅草1-14-9
찾아가는 법 지하철 긴자센(銀座線) 아사쿠사(浅草)역에서 도보 5분
홈페이지 http://osietesite.com/gourmet/tokyo/asakusa/japanesefood/kamameshiharu
구글 키워드 Kamameshi Haru

도시락에 펼쳐진 예술,
벤또

한 일본인 친구는 독신 시절 틈만 나면 홀로 열차를 타고 도쿄 근교의 료칸으로 향하곤 했습니다. 가이세키 요리와 온천욕, 그 시작과 끝에 '에키벤(駅弁, 역에서 파는 도시락)'이라는 호사를 누릴 수 있었기 때문입니다. 온천에서의 유유자적도 좋지만, 열차 창밖으로 시시각각 변하는 풍경을 바라보며 에키벤의 반찬을 하나하나 음미하는 순간이야말로 진정한 휴식이자 짧은 식도락 여행의 정점이라고 했습니다.

꼭 그녀의 말이 아니더라도, 열차 여행에서 에키벤이 주는 즐거움은 일본에서 열차 여행을 해본 사람이라면 누구나 다 공감할 이야기입니다. 에키벤은 그저 끼니를 때우기 위한 흔한 간편식이 아닙니다. 각 지역의 제철 재료와 특산물,

진미만을 모아 만든 도시락입니다. 맛뿐 아니라 음식을 정갈히 담아 놓은 형태와 아름다운 색 조화 등 시각적으로도 큰 만족감을 줍니다. 음식이 서로 섞이지 않도록 신경 써서 담아 반찬 색이 배거나 국물이 흐르는 일도 없습니다. 작은 상자 하나로 극진한 대접을 받는 기분이 드는 것도 벤또의 매력.

에키벤은 그 자체로 하나의 요리 장르가 될 만큼 지역과 역에 따라 맛과 형태가 무궁무진합니다. 시즈오카(静岡)역은 100년 전통의 '다이메시(鯛めし, 도미를 삶아 으깨어 간한 것을 초밥용 밥 위에 올려 주는 솥밥 요리)', 규슈(九州)지방은 먹음직스러운 모양의 '아지노오시즈시(鯵の押しずし, 작은 상자 안에 염장한 전갱이와 초밥용 밥을 넣고 꽉 눌러서 고정시킨 스시)', 또 아키다현(秋田県)의 오다테(大館)역은 1947년부터 만들어 왔다는 '도리메시벤또(鶏めし弁当, 닭고기를 간해서 삶고 으깨어 볶은 것을 밥 위에 깐 것)' 등 지역마다 전통 향토 요리를 그곳 고유의 식재료로 만듭니다. 그렇다 보니 맛이 특별할 수밖에 없고, 그 특별한 맛을 보는 순간 여행의 즐거움은 배가 됩니다.

지방 소도시 구석구석까지 열차가 달리는 철도의 나라 일본에서는 일찍이 에키벤이 발달했습니다. 1877년 고베역에서 판 것이 최초라는 설도 있고, 1885년 7월 16일 도치기현(栃木県)의 우쓰노미야(宇都宮)역에서 니기리즈시 2개와 다쿠앙(たくあん, 단무지)을 대나무 잎에 싸서 판 것이 최초라는 설도 있지만, 어찌 되었든 에키벤의 역사는 100년을 훌쩍 넘겼다는 것이 정설입니다.

에키벤의 출발점인 벤또의 역사는 이보다 훨씬 깁니다. 벤또는 800년대 즈음 처음 등장했습니다. 일터로 가져가는 용도의 벤또에서 시작해서, 근대에는 오하나미(お花見, 일본 전통 벚꽃놀이)에 가져가는 찬합에 담은 벤또, 그리고 오늘날 백화점 지하 식품관이나 편의점·공항 등 다양한 공간에서 파는 벤또에 이르기까지, 벤또는 긴 세월 동안 진화와 발전을 거듭해 왔습니다. 영어 사전에 'Lunch Box'와 별개로 'Bento'라는 단어가 올라올 만큼 벤또는 하나의 독립된 음식 문화로 인정받고 있습니다.

슈퍼마켓이나 상점가의 벤또 전문점에서는 계절에 따라 제철 식재료를 맛볼 수 있게끔 세심하게 메뉴를 설계합니다. 스시, 가마메시, 생선구이(焼き魚), 햄버그스테이크, 슈마이(シュウマイ, 딤섬의 일종) 등 다채로운 메뉴들을 작은 그릇에 꾹꾹 눌러 담아 놓은 벤또는 일본에 와야지만 그 진가를 맛볼 수 있는 요리입니다. 도쿄 여행 중 호텔 방에서 가볍게 한 끼 때우고 싶을 때도 그만인 것이 벤또.

By92 추천

도쿄 벤또

맛집

그랑스타 도쿄

グランスタ東京, Gransta Tokyo

도쿄역 지하 상업 시설인 도쿄에키 이치방가이(東京駅一番街) 한편에 자리한 그랑스타 도쿄에는 에키벤 및 디저트 전문 상점이 줄지어 있습니다. 지역 고유의 에키벤만 파는 다른 역과 달리 일본 열도의 온갖 진미를 추려 놓았는데요. 열차 여행을 앞둔 승객에게 이곳을 들르는 일은 거의 정해진 코스나 다름없습니다. 평소에 사먹는 일반 벤또와 다른 특별한 에키벤을 먹을 수 있는 절호의 찬스이다 보니, 승차하기 직전 종종걸음으로 들르는 사람이 무척 많은데요. 승객뿐만 아니라 주변 직장인과 지하철 이용자들까지 찾는 이곳은 365일 내내 에키벤과 디저트를 사러온 사람들로 붐빕니다.

에키벤 종류는 20여 가지로 100년 노포, 최근 수년간 인기를 누려온 신생 브랜드, 이국의 맛을 담아 놓은 에키벤 등 다양한 선택지가 있습니다. 120년 역사의 에도마에즈시 전문 '쓰키지스시세이(築地寿司清)', 나고야(名古屋)의 명물 덴무스(天むす, 새우튀김 등을 올린 오니기리) 전문 '지라이야(地雷屋)', 스키야키 전문 '이마한(今半)', 각종 고로케와 샐러드 등 반찬 맛이 좋기로 소문난 '이토항(いとはん 1972~)', 1923년 고베에 문을 연 미트파이 명가 '고베규노미트파이(神戸牛のミートパイ)', 태국 방콕에 본점을 둔 타이요리점 망고 트리(Mango Tree)의 '카파오라이스(gaprao rice)' 등 일본인에게 가장 인기있는 요리를 모두 모아 놓았다고 해도 과언이 아닙니다.

40여 개의 디저트 명가에서 후식을 고르는 것도 신나는 일인데요. 이 디저트들은 포장마저 예뻐서 선물로도 손색이 없습니다. 사케(일본주) 전문점과 와인 전문점도 있고, 고시히카리(コシヒカリ) 에일 등 특화된 맥주를 판매하는 공간도 있습니다.

주소 千代田区丸の内1-9-1 東日本東京駅構内 B1F
　　　GRANSTA
찾아가는 법 JR 또는 지하철 마루노우치센(丸の内線) 도쿄(東京)역에서 도보 5분
홈페이지 gransea.jp/shop/search.html/?po=sp_be
구글 키워드 Gransta

세이조이시이

成城石井

사실 도쿄에는 데파치카(デパ地下, 백화점 지하)는 물론, 주택가의 상점가, 오피스가마다 맛난 벤또 가게가 있어 딱히 '여기가 최고다' 지목하기는 참 어렵습니다. 사시미, 스시, 파스타, 샐러드, 스키야키, 카라아게, 교자, 스테이크, 에스닉 요리에 이르기까지 메뉴도 셀 수 없이 많죠. 그래도 가장 다채로운 메뉴를 망라한 곳이라면 슈퍼마켓, 그중에서도 동네 슈퍼마켓만 한 곳이 없습니다.

주민들이 연달아 구매해서 회전율이 좋은 만큼 늘 갓 튀겨내거나 끓여낸 싱싱한 메뉴가 즐비한 곳이 동네 슈퍼마켓의 벤또 코너. 약간 고급스러운 슈퍼마켓에서는 첨가물이나 화학조미료를 일절 사용하지 않은 벤또나 고품질 재료를 써서 맛이 월등한 벤또를 파는데요. 무엇을 집어도 실패가 없는 세이조이시이도 그런 고품질 벤또 맛집입니다.

맛에 까다로운 손님이 많이 찾는 세이조이시이의 베스트셀러 중 하나는 꽤 큼직한 연어구이 조각을 올린 삼색 벤또(大きなサーモン切り身の3色弁当, 연어, 다져서 볶은 닭고기, 다진 스크램블드 에그를 올린 도시락). 레몬과 간장에 마리네이드한 고구마, 브로콜리 등 사이드 메뉴와의 조화가 그만인, 연어 애호가에게는 양으로나 맛으로나 만족도 최강일 벤또입니다. 그리고 달콤한 식초물에 절인 생강 아마즈쇼가(甘酢生姜)가 든 두툼한 고등어 니기리즈시(金華さばづくし)는 고등어 애호가에게 안성맞춤.

직화로 불맛을 낸 차슈 차항(直火焼チャーシューの炒飯), 어패류 5가지로 만든 부야베스 풍 리소토(5種海鮮ブイヤベース風リゾット) 등도 감탄을 부르는 맛입니다. 지유가오카, 아자부주반, 이치가야 등 주택가마다 있지만 여행자에게 비교적 접근성이 좋은 도심 오피스가의 마루노우치점을 소개합니다.

주소 千代田区丸の内1-5-1 新丸の内ビル B1F
찾아가는 법 JR 도쿄(東京)역 마루노우치(丸の内) 지하 중앙
         출구에서 도보 3분
홈페이지 www.seijoishii.co.jp
구글 키워드 신마루노우치빌딩

벤또 맛이 좋은
슈퍼마켓들

벤또는 슈퍼마켓, 편의점, 식당가, 상점가, 데파치카(デパ地下, 백화점 지하 식품매장의 통칭) 등 다양한 곳에서 팔지만, 주변 주민, 직장인들이 즐겨 찾는 벤또 전문점은 주로 상점가나 식당가 안에 있습니다. 아자부주반 상점가(麻布十番商店街)의 기노쿠니야(きのくにや) 아자부주반점도 그중 하나로, 세레브타운의 까다로운 미식가를 만족시키는 아주 맛난 벤또를 파는 곳입니다. 메뉴는 평범한 가정식으로, 돈부리모노(덮밥) 같은 일품 요리도 있고, 연어 구이나 전갱이 튀김, 스테이크, 사시미 중 하나를 메인으로 하여 반찬 서넛을 조합한 것도 있습니다. 모두 주문을 받고 나서 조리하기 시작하니 숙소가 가깝다면 따끈따끈한 상태에서 먹을 수 있습니다.

앞서 동네 슈퍼마켓 빵집으로 소개되었던 난보쿠센(南北線) 롯폰기잇초메역 후쿠시마야(FUKUSHIMAYA) 슈퍼마켓도 맛 좋고 다양한 벤또로 주변 직장인들을 줄 세우는 곳입니다. 역시 매장 안 주방에서 바로바로 만들어 준 신선한 벤또를 맛볼 수 있습니다. 아크힐즈사우스타워(アークヒルズサウスタワー) 지하 1층 식당가에 있는 이 슈퍼마켓에는 벤또나 빵 외에도 요리나 먹거리에 관심이 있는 사람이라면 챙겨올 만한 것들이 꽤 있으니, 꼭 한 번 방문해 볼 만한 곳입니다.

| **기노쿠니야 아자부주반점**(きのくにや 麻布十番店) |

주소　港区麻布十番2-20-2
찾아가는 법　지하철 난보쿠센(南北線) 아자부주반(麻布十番)
　　　　　　　역에서 도보 1분
홈페이지　azabujuban.or.jp/shop/shop_category/
　　　　　　shopping/421/#
구글 키워드　35.65527, 139.73676

| **후쿠시마야**(FUKUSHIMAYA) |

주소　港区六本木1-4-5 アークヒルズサウスタワー B1F「アークキッチン」
찾아가는 법　지하철 난보쿠센(南北線) 롯폰기잇초메(六本木一丁目)역 1, 2, 3번 출구에서 도보 1분
홈페이지　http://www.fukushimaya.net/
구글 키워드　Fukushimaya Roppongi

part 4

도쿄에서는
이렇게 마십니다

서서 마셔야 제맛, 다치노미야

일본에서 찾은 스페셜한 공간, 와인 비스트로

서서 마셔야 제맛,
다치노미야

　　서서 먹고 마시는 술집을 가리키는 '다치
노미야(立ち飮み屋)'는 에도 시대에 처음 생겼습니다. 서민들
이 저렴하게 먹고 마시는 공간으로 에도 거리에 확산되다가
1940년대 초 주류 배급제, 1960년대 고도 성장기 등을 거치
며 인기가 잦아들었습니다. 하지만 2000년 전후 시작된 '쇼
와 붐(쇼와 시대에 향수를 느끼는 분위기)'으로 다시 인기에 불
이 붙은 이후 계속 확산 추세를 이어가고 있습니다. 이자카야
(居酒屋, 선술집)의 인기를 추월한 지도 오래입니다.

　　다치노미야의 종류는 무궁무진합니다. 구시야키(串燒
き, 꼬치구이), 오뎅 등 가벼운 안주만을 파는 곳부터 와쇼쿠
전반을 파는 곳, 프렌치·이탈리안·중국·중동·지중해 요리 등
다국적 요리를 내놓는 곳에 이르기까지 거의 모든 요리 종류

를 망라합니다. 사시미 전문 다치노미야에서 리버무스(Liver Mousse, 소·닭 등의 간을 삶아 곱게 체로 거르고 생크림 등과 섞어 굳힌 요리), 리예트(Rillettes, 다진 돼지고기·거위 고기 등을 흐물흐물해질 때까지 삶아 틀에 넣고 굳힌 후 빵 등에 발라 먹는 요리)를 팔기도 하고, 프렌치 전문 다치노미야에서 오코노미야키(お好み焼き)나 오므라이스를 팔기도 합니다. '뎀뿌라&와인' 다치노미야, '교자(餃子, 만두)&샴페인' 다치노미야, '훈제 요리&위스키' 다치노미야 등 특정 음식의 조합을 테마로 한 다치노미야도 있습니다. 어느 다치노미야든 밝고 활기 찬 분위기에서 합리적인 가격대의 요리를 즐기려는 '다치노미스트(タチノミスト, 다치노미야에서 술 마시기를 즐기는 사람)'들로 가득하다는 것이 공통점입니다.

　다치노미스트들이 가장 먼저 주문하는 것은 맥주. 다치노미야가 밀집한 곳이 대부분 신바시, 긴자, 신주쿠 등 오피스 상권이다 보니 일이 끝난 후 상사나 동료, 혹은 지인들과 여럿이서 그룹으로 찾는 경우가 많습니다. 일본에는 이렇게 여럿이 모였을 때 첫 잔을 서로 부딪치며 "간파이(乾杯, 건배)!"를 외치는 문화가 있습니다. 이 건배를 빨리 해야 안주도 먹고 수다도 떨기 시작할 수 있는데, 많은 인원이 각기 다른 종류의 술을 주문하면 술을 받기까지 시간이 오래 걸릴 수밖에 없습니다. 그래서 첫 잔만큼은 맥주로 메뉴를 통일하는 겁니다. 내 음식이 늦게 나와서 남을 기다리게 하는 일이 폐라고 생각하는 일본인 특유의 오모이야리(思いやり, 배려)가 작동하는 순간이기도 한 것.

여럿이 찾는 경우가 많지만, 홀로 찾는 사람도 적지 않습니다. 주류 회사 마보로시노사케(幻の酒)의 2018년 여론조사에 따르면, 다치노미야를 선택하는 이유로 '혼자 마음 편히 마시고 싶을 때'를 택한 사람이 가장 많았습니다. 그다음이 '직장 동료가 아닌 친구나 지인과 편히 마시고 싶을 때'였습니다. 이처럼 다치노미야는 일본인이 부담 없이 한잔 하고 싶을 때 가장 많이 찾는 곳이라고 할 수 있습니다. 1차나 2차로 잠시 들르는 곳이고 다음 날 출근을 위해 가볍게 마시다 보니, 머무는 시간도 평균 40분에서 2시간 미만입니다.

에도 시대부터 서민의 공간이었던 다치노미야는 대로변보다는 뒷골목, 임대료가 저렴한 철로나 고가 아래 공간이 주무대. 이런 공간이 궁색해 보일 수 있지만, 애주가에게는 지나가는 전철의 소음을 안주 삼아 술 한잔 하는 것이 낭만이 되기도 합니다. 게다가 크래프트 비어, 와인 등 다양한 주류와 프렌치, 이탈리안 등 다국적 요리들을 썩 괜찮은 가격으로 맛볼 수 있으니, 도쿄의 귀한 미식 공간이라 할 수 있습니다.

By92 추천

도쿄

다치노미야

비스트로 알리고

ビストロ アリゴ

명문 대학이 모여 있어 '일본의 라탱 지구(Quartier Latin, 파리의 대학가)'라고도 불리는 진보초(神保町) 일대는 온통 출판사와 출판 도매점, 130년 역사를 가진 고서점가로 둘러싸여 있습니다. 이런 지성의 거리 뒤쪽에 자리한 비스트로 알리고는 동네 주당들에게 사랑 받는 다치노미야 중 하나입니다. 1950년대에 지어진 2층짜리 목조 고옥 외벽에 걸려 있는 이전 가게의 빛바랜 간판, 오래된 나무 문틀, 철 지난 구식 온도계 등 마치 반세기 전으로 시간을 되돌려 놓은 듯한 곳입니다. 예스러운 공간에서 와인과 프랑스 시골 요리를 파는 반전 매력이 있는 곳이기도 합니다.

미닫이문을 열자마자 마주하게 되는 오픈 주방부터 마음을 사로잡습니다. 얼음 가게였던 시절 얼음을 두고 장사하던 공간인 1층이 지금의 다치노미야가 되었고, 노부부가 주거용으로 사용하던 2층은 현재 다다미방에 앉아서 마실 수 있는 공간이 되었습니다. 늘 발 디딜 틈 없는 1층은 1층대로, 삐그덕 대는 나무 계단을 올라가야 하는 다다미방은 다다미방대로 술맛을 돋우는 풍취가 있습니다.

투박하지만 정성 가득한 프랑스 시골 요리를 먹음직스럽게 담아서 내줍니다. 모두 산지 직송된 신선한 재료를 사용하는데요. 최고 인기 메뉴는 오베르뉴(Auvergne) 지방의 향토 요리 알리고(アリゴ, aligot, 치즈와 감자 퓌레를 섞은 요리)와 랑그도크(Languedoc) 지방 스타일의 스튜 카술레(カスレ, Cassoulet)입니다. 특히 이 카술레에 들어간 큼지막한 소시지 맛이 일품입니다. 이 외에 남성 애주가들에게 인기인 주먹만 한 크기의 햄버그(煮込みハンバーグ)도 아주 맛있고, 연어 아보카도 타르타르(サーモンアボカドタルタル), 돼지 곱창으로 만든 크로켓(豚ホルモンのコロッケ)도 인기 메뉴. 간판조차 없지만, 이미 다녀간 애주가들의 입소문만으로 승승장구 중인 지역밀착형 다치노미야.

주소　千代田区神田神保町1-18-7
찾아가는 법　지하철 한조몬센(半蔵門線) 진보초(神保町)역 A5 출구에서 도보 3분. 또는 마루노우치센(線) 아와지초(淡路町)역 B2b 출구에서 도보 9분
홈페이지　http://yumemania.jp/tenpo/aligot/
구글 키워드　Bistro Aligot

일본에서 찾은 스페셜한 공간,
와인 비스트로

도쿄의 거리나 주택가를 걷다 보면 '와인 사카바(ワイン酒場, 와인 바)', '와인 비스트로' 혹은 '카페&와인바'라는 간판을 내건 곳이 종종 나타납니다. 저녁 시간에는 식사 메뉴를 팔기도 하지만, 기본적으로는 와인을 풍부하게 갖추고 여기에 페어링할 요리를 내주는, 와인 애호가들을 주 고객으로 하는 공간입니다. 프리미엄 와인을 지향하는 이들보다는, 주로 일상에서 이에노미(家飲み, 집에서 식사에 곁들이는 반주)로 와인에 대한 내공을 쌓은 사람들이 많이 찾아갑니다. 이런 도쿄의 와인 애호가들에게 최근 십수 년간 유독 사랑 받아온 곳이 '뱅나튀렐(Vin Naturel, 내추럴 와인)'을 파는 공간들입니다.

도쿄에서 뱅나튀렐이 유행하기 시작한 것은 대략 1990

년대 초부터지만, 그 인기가 본격화된 것은 2000년대 초입니다. 여기서는 '뱅나튀렐 붐'의 한 축을 담당해온 곳들을 소개하려고 합니다. 모두 도쿄의 뱅나튀렐 붐을 이끌어왔다는 평가를 받는 셰프와 소믈리에가 있는 공간들로, 걸출한 맛의 와인 셀렉션은 물론, 감탄을 자아낼 만큼의 고퀄리티 요리를 맛볼 수 있는 곳입니다. 애주가라면, 특히 내추럴 와인을 사랑하는 여행자라면 꼭 가보길 추천합니다.

도쿄 와인

비스트로

우구이스

ウグイス

산겐자야(三軒茶屋) 주택가에 자리한 프렌치 비스트로&와인바 우구이스(ウグイス, 휘파람새라는 뜻)는 셰프 겸 소믈리에, 곤노 마코토가 2005년 오픈한 이래 꾸준히 인기를 끌어온 곳입니다. 현재 우구이스의 2호점에 해당하는 캐주얼 프렌치 비스트로 오르간(オルガン, 2011년 오픈)은 곤노가, 우구이스는 그의 부인이 각각 맡고 있지만, 두 곳의 와인과 요리 모두 곤노가 지휘하고 있습니다. 외진 위치에 단 14석뿐인 아담한 식당임에도 10년 넘게 매일 밤 만석을 이루는 건 출중한 맛의 와인과 요리들을 합리적인 가격대로 즐길 수 있기 때문입니다. 지은 지 30년이 넘은 왜소한 건물의 외관과 달리 안에 들어가면 멋스러운 분위기가 흘러 묘하게 술맛을 돋우는 공간도 매력.

도요스(豊洲, 도쿄 최대 규모의 수산물 도매시장)와 직거래 농장에서 당일 들여온 신선한 생선과 야채들로 음식을 만드는데, 베스트셀러는 와쇼쿠와 프렌치를 콜라보한 '감자와 아부리 시메사바(炙り〆鯖とじゃがいもの一皿, '아부리 시메사바'란 소금과 식초로 마리네이드한 고등어에 불맛을 살짝 입힌 것)'와 '우엉 소스 농어 푸알레(スズキのポワレこぼうソース)', '누가 글라세(Nougat Glace Icecream, 머랭·생크림·캐러멜 시럽을 입힌 아몬드를 굳힌 프랑스 남부식 아이스크림)', '망고 코코넛 파르페' 등 홈메이드 디저트도 추천 메뉴.

뱅나튀렐 붐을 리드해온 이곳의 와인 셀렉션은 무려 100가지에 이릅니다. 모든 와인은 곤노가 프랑스를 직접 돌며 엄선해 옵니다. 희소성이 높은 브랜드 와인도 적지 않은데, 모두 글라스로 합리적인 가격에 즐길 수 있습니다. 평일엔 저녁에만 문을 열지만 일요일은 아페로(Apero, 식사를 앞두고 즐기는 스낵과 식전주) 타임(낮 1시부터)도 있습니다.

주소 世田谷区下馬2-19-6
찾아가는 법 덴엔토시센(田園都市線) 산겐자야(三軒茶屋)역
　　　　　　남쪽 출구에서 도보 10분
홈페이지 http://cafe-uguisu.com/top.html
구글 키워드 Uguisu cafe

르 카바레

ル・キャバレー

도심의 오래된 고급 주택가 요요기우에하라(代々木
上原)라는 동네는 언뜻 별다를 게 없어 보이지만 본인만의 확고한 취향과 미의
식을 지닌 사람들이 많이 모이는 동네입니다. 요요기우에하라의 중심에서 조
금 벗어나 요요기하치만구(代々木八幡宮)로 향하는 주택가 한복판에 있는 르 카
바레는, 티 나지 않지만 센스 있는 와인 애호가들이 밤마다 모여드는 곳.

이곳의 소믈리에 쓰보다 야스히로(坪田泰弘)는 일본 뱅나튀렐계의 셀렙
으로, 에비스(恵比寿) 다치노미야 '왈츠'의 오너인 오야마 야스히로(大山恭弘),
일본 내추럴 와인의 선구자 가쓰야마 신사쿠(勝山晋作)와 함께 도쿄의 뱅나튀
렐 여명기부터 붐을 주도해온 것으로 평가되는 인물입니다. 프랑스산 내추럴
와인 150종류를 갖춘 르 카바레는, 와인에 대한 압도적인 지식으로 손님들의
와인에 관한 궁금증을 풀어주는 쓰보다가 있어 완성되는 공간이기도 합니다.
훌륭한 맛의 정통 프렌치 요리도 인기 요소. 영업 종료 시간은 자정이지만,
2004년 가게를 오픈한 이래 거의 지켜진 적이 없습니다. 요리와 와인, 즐거
운 대화에 빠진 손님들이 밤늦도록 자리를 뜨지 않기 때문입니다. 이들의 흔
적은 벽면을 가득 채운 사인으로도 남아 있는데요. 사인 중에는 유명 쇼콜라
티에(초콜릿 전문가) 장 폴 에뱅(Jean-Paul Hevin)의 것도 있습니다.

르 카바레의 여주인 호소코시 도요코(細越豊子)는 십수 년 전 이 길목을
처음 찾은 날 이상하게 아무것도 없는 이 길목에 강하게 끌렸다고 합니다. 그
녀의 심미안이 공간 구석구석 녹아 있는 이곳은 가게 주변까지도 모두 르 카
바레의 일부로 만들어 버리는 마력을 지니고 있습니다. 점점 팬덤이 두터워
져 최근에는 예약이 필수입니다.

주소　　渋谷区元代々木町8-8 1F
찾아가는 법　오다와라센(小田原線) 요요기하치만(代々木八幡)
　　　　　역에서 도보 7분. 또는 지하철 지요다센(千代田線
　　　　　線) 요요기우에하라(代々木上原)역에서 도보 8분
홈페이지　http://restaurant-lecabaret.com/
구글 키워드　Le Cabaret motoyoyogicho

아히루스토아

アヒルストア

시부야 북쪽에 위치한 아히루스토아는 합리적인 가격대의 와인과 감각적인 요리로 손님들을 불러모으는 내추럴 와인 바입니다. 시부야역에서 도보로 약 20분 거리인 도미가야(富ヶ谷)라는 주택가에 있습니다. 외지인에게는 잘 알려지지 않았지만 유니크한 가게가 많은 이 동네를 '오쿠시부야(奥渋谷, '시부야 안쪽'이라는 뜻)', 혹은 '오쿠시부(奥渋)'라고 부르기도 합니다. 아히루스토아는 개성파 미식의 거리인 오쿠시부에서 중추가 되는 곳입니다.

주인장은 건축을 전공한 사이토 데루히코(斉藤輝彦)로 건축설계사, 벤또 포장마차 운영, 와인 회사 근무를 거쳐, 2008년 여동생 와카코(和歌子)와 함께 오쿠시부에 둥지를 틀었습니다. 그런데 가게가 늘 만석이어서 들어가기조차 쉽지 않습니다. 카운터 8석은 최소 한 달 전에 예약해야 하는데, 정해 놓은 전화 응대 시간(평일 저녁 6시~6시 반)에만 예약을 할 수 있습니다. 도착 순서대로 자리를 잡을 수 있는 다치노미(스탠딩) 테이블도 3개 있지만, 이를 노리고 오픈 시간에 맞춰 간다고 해도 역시 금세 자리가 차서 줄을 서야 합니다. 그럼에도 아히루스토아의 문을 두드리는 손님은 끊이지 않습니다. 손님의 절반 이상이 재방문인데, 그중에는 셰프나 소믈리에 등 동종 업계 사람들도 많습니다.

이곳의 가장 큰 강점은 합리적인 가격에 고급 내추럴 와인과 공들인 요리를 즐길 수 있다는 것입니다. 프렌치, 북아프리카, 스리랑카 등 모든 요리의 맛이 훌륭합니다. '시금치오믈렛(ほうれん草のスペインオムレツ)', '토마토 로스트 치킨(地鶏とトマト根菜のロースト)', '돼지고기&닭간 파테(豚肉と鶏レバーのパテ)', 허브 맛이 진하게 나는 태국 치앙마이의 향토 요리 '싸이우어 소시지(サイウァ)', 오직 고수만 들어가는 '고수 샐러드(パクチーだけのサラダ)' 등 모두 감탄을 자아낼 정도로 맛납니다. 싱싱한 문어와 완벽하게 익은 아보카도를 간장, 와사비, 레몬즙으로 버무린 '아보카도&문어 샐러드(アボカドとタコのサラダ)'도 꼭 먹어야 할 메뉴입니다(이 조합을 최초로 고안한 집이며 대부분의 메뉴도 사이로 씨의 아이디어). 산지 직송의 생선(정확히는 생선 뼈와 약간의 생선 살)을 듬뿍 넣고 끓여 체로 국물만 걸러낸 프랑스 남부 향토 요리 '수프 드 푸아송(スープ ド ポアソン, soupe de poisson)', 김과 잔새우를 버무려 튀겨낸 '김&새우 빵(青海苔と小海老のあげパン)'도 이 집의 필살기 메뉴 중 하나. 와카코가 매일 구워내는 6~7가지 종류의 빵 역시 미식 잡지의 빵 특집에 올라올 만큼 맛이 좋습니다. 장시간 동안 저온 발효한 프랑스 빵, 무화과 빵, 얇은 피자 생지에 양파를 듬뿍 얹은 양파 파이 등 빵 맛이 워낙 좋다 보니 와인뿐만 아니라 빵 마니아까지 이곳을 많이 찾습니다.

주소　渋谷区富ヶ谷1-19-4
찾아가는 법　지하철 지요다센(千代田線) 요요기공원(代々木公園)역 2번 출구에서 도보 6분. 또는 오다큐센(小田急線) 요요기하치만(代々木八幡)역에서 도보 12분
구글 키워드　아히루 스토어

일본 와인 이야기

일본은 1877년에 와인을 처음 생산했습니다. 하지만 그보다 한참 전인 1549년, 동양 포교의 선구자 사비에르(Francisco de Xavier)가 와인을 일본에 가지고 들어왔습니다. 이 내용이 당시 선교사 겸 통역사였던 주앙 호드리게스(Joao Rodrigues)의 저서 〈일본교회사(日本敎会史)〉에 담겨 있습니다. 이것이 일본의 '서양 포도주'에 관한 문헌상 최초의 기록입니다. 하지만 불교계의 반발로 와인은 확산되지 못했고, 메이지 시대에 와서야 일본은 와인을 생산하기 시작했습니다. 1877년 출범한 야마나시현(山梨県)의 포도주 회사는 프랑스에서 와인을 공부한 두 청년(土屋龍憲, 高野正誠)을 중심으로 일본 최초로 와인을 제조했습니다. 비슷한 시기 군마현(群

馬県)도 미국 내파 밸리에서 델라웨어(포도의 한 품종)를 들여와 포도 농원 겸 양조장을 열었습니다. '일본 와인의 아버지'로 불리는 가와카미 젠베에(川上善兵衛)의 이와노하라 포도원(岩の原葡萄園, 니가타현 소재. 1895~)에서도 와인 생산이 시작되었습니다. 가와카미는 1877년 〈포도배양법적요(葡萄培養法摘要)〉라는 포도 전문서를 일본 최초로 저술한 인물로, 일본 와인의 기초를 다졌습니다.

수년 전부터 일본에는 '제7차 와인 붐'이 일어나고 있습니다. 일본 와인 업계에선 일본 와인의 역사를 1960년대부터 대략 10년 단위로 구분하는데, 도쿄올림픽 개최(1964년)를 시작으로 저가 와인의 수요가 급증한 고도성장기(1970년대), 와인의 양적 팽창이 이루어진 버블기(1980년대), 보졸레누보가 확산되고 레드와인, 뱅나튀렐 붐이 일어난 시기(1990년대) 등입니다. 7차 붐은 2010년 전후 다시 일어난 뱅나튀렐 붐과 일본산 와인의 부상을 가리킵니다. 이미 일본 내에서는 일본산 와인 소비량이 프랑스산 와인 소비량을 앞질렀습니다. 일본인 특유의 집요한 완벽주의로 만들어낸 일본산 와인은 품질이 높고, 다른 생산국 와인에 비해 가성비도 좋습니다. 결이 섬세한 일본산 화이트와인이 와쇼쿠에 어울린다는 인식이 확산되고, 그런 니즈에 부응해 일본산 와인을 구비해놓는 와쇼쿠야가 많아진 것도 일본산 와인의 인기를 이끈 요인이라고 할 수 있습니다. 와인의 유행이 레드에서 화이트로 바뀐 것과, 일본 사람들이 이에노미(家飲み, 집에서 반주로 마시

는 술)로 화이트와인을 선호한다는 점도 화이트와인이 강세인 일본 와인의 인기에 일조했습니다.

일본 유명 소믈리에들이 뽑은 일본산 와인 랭킹 1위는 홋카이도에서 가장 역사가 긴 도카치 와인(十勝ワイン)의 '기요미(清見, KIYOMI 레드)'입니다. 그다음은 일본산 와인 붐을 주도하는 나가노현(長野県)의 와이너리인 하스미파무(はすみふぁーむ)의 '시나노 노 오슈(信濃の甲州, 레드)', 도시형 와이너리인 후카가와 와이너리(深川ワイナリー東京)의 '캠벨스(キャンベルス, 화이트)' 순입니다. 일본산 와인 구매 시 참고하시길 바랍니다.

일본 와인 업계의 또 하나의 화두는 도쿄, 오사카 등 대도시로 들어온 '도시형 와이너리'입니다. 도쿄에서는 몬젠나카초(門前仲町) 주택가에 2016년 오픈한 '후카가와 와이너리 도쿄(深川ワイナリー東京)'가 가장 주목 받는 도시형 와이너리입니다. 저온 발효 탱크 5기, 숙성용 나무통 5개 등이 있는 프티 양조장과 테이스팅 라보(Lavaux)를 갖춘 이 와이너리에서는 연간 약 2만~3만 병의 와인이 생산됩니다. 작은 와이너리지만 투어 프로그램도 있습니다. 대부분 수작업으로 이루어지는 와인 공정에 직접 참여할 수 있고 갓 만든 와인을 시음할 수도 있습니다. 기요스미시라카와(清澄白河)에 2015년 오픈한 후지마루 양조소(フジマル醸造所)도 가볼 만합니다. 이곳은 와인 양조 시 여과 및 청정 공정을 생략하고 포도 자체의 개성을 살린 와인을 만듭니다. 양조장 2층에는 와

인과 요리를 즐길 수 있는 이탈리안 레스토랑도 있습니다. 피에몬테(이탈리아 북부의 주) 출신 실력파 이탈리안 셰프의 훌륭한 요리를 맛볼 수 있는 분위기 좋은 레스토랑입니다.

일본 최초의 와이너리인 야마나시 포도주 회사를 뿌리로 둔 '샤토 메르샨(シャトー·メルシャン)'에서도 포도 수확기(9~10월)마다 투어를 진행합니다. 근처 온천 투어까지 패키지에 포함된 인기 투어 프로그램입니다. 일본에서 가장 오래된 와이너리인 이와노하라 포도원에도 투어 프로그램이 있습니다. 일본 와인의 발상지인 야마나시현을 비롯하여 군마현, 홋카이도 등 각지에 와이너리가 많이 있으니, 와인에 관심이 있다면 여러 와이너리를 순회하는 것도 꽤 괜찮은 여행이 될 듯합니다.

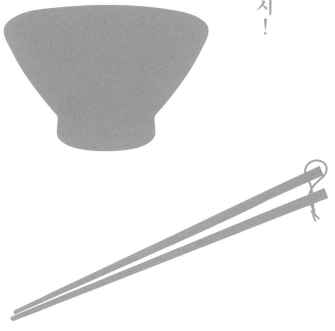

part 5

면을 사랑하는
당신이라면 반드시!

후루룩 소리 안 내고 라멘을 먹을 수가 있나

끊을 수 없는 마성의 면, 소바

저는 일본 태생이에요, 와후 파스타

매콤함에 고소함을 더하면, 탄탄멘

후루룩 소리 안 내고
라멘을 먹을 수가 있나

일본 사람들의 면 사랑은 종류를 가리지 않지만, 그중에서도 특히 라멘(ラーメン)은 일본인의 '국민 음식'으로 불릴 만큼 일본인에게 사랑 받는 메뉴입니다. 일본 주요 포털 사이트의 조사에 따르면, 일본인에게 가장 인기 있는 면 요리는 우동이나 소바가 아닌 라멘입니다. 주로 저녁보다는 점심으로 먹고, 800엔이 넘어가면 비싸다고 느끼는 점도 라멘이 일본인에게 가장 일상적인 한 끼 식사 메뉴임을 보여줍니다.

라멘의 종류에는 간장 맛(醬油味, 쇼유아지), 미소 맛(味噌味, 미소아지), 소금 맛(塩味, 시오아지), 돈코츠(豚骨, 돼지뼈) 맛이 있습니다. 도쿄에서는 쇼유라멘(醬油ラーメン)이 가장 인기인 반면 후쿠오카(福岡)를 포함한 규슈 지방에선 돈코츠라

멘이 대세인데요. 이렇게 지역마다 선호하는 라멘이 달라지는 것은 환경과 기후 차이에서 비롯됩니다. 고온다습한 기후로 열량 소모가 많은 남쪽 지방은 고열량인 돈코츠 맛, 그 위의 지방은 상대적으로 개운한 간장 맛, 콩의 주 생산지이자 추운 기후의 홋카이도는 진한 국물의 미소 맛이 대체로 인기가 좋습니다.

면 굵기도 아주 가는 극세면(極細麵)에서 굵은 태면(太麵)에 이르기까지 종류가 많습니다. 국물, 토핑 재료 등에 따라 면 굵기가 달라지는데, 이 역시 가게마다 지역마다 천차만별입니다. 하지만 국물이나 면 종류와 관계 없이 어떤 라멘이든 송송 썬 대파(ネギ)와 차슈(チャーシュー, 간장·향신료 등에 절여 구운 돈육), 멘마(メンマ, 젖산 발효시킨 죽순)가 토핑으로 올라갑니다.

라멘에 늘 따라붙는 음식이 또 있습니다. 바로 야키교자(焼き餃子, 군만두). 보통 교자 한 입, 쫄깃한 면 한 입, 뜨끈한 국물 한 모금, 이 삼박자에 맞춰 라멘을 먹습니다. 취향에 따라 야키교자 대신 차슈고항(チャーシューご飯, 차슈덮밥)을 먹기도 합니다. 차슈고항은 밥 위에 다레(タレ, 소스)를 뿌리고 차슈, 달걀, 파, 베니쇼가(紅生姜, 매실식초에 절인 붉은빛 생강) 등의 토핑 재료를 올린 음식으로, 밥을 라멘 국물에 말지 않고 밥 한 술 따로, 국물 한 모금 따로 번갈아 먹는 것이 정석입니다. 생맥주나 사케를 곁들이기도 합니다.

일본인이 이토록 좋아하는 라멘은 사실 바다 건너온

음식입니다. 중국의 납면(拉麵)이 일본인의 입맛에 맞게 변형, 발전되어 토착화한 것으로, 그 시초는 에도 시대 말기 요코하마(橫浜), 고베의 차이나타운에서 화교들이 먹던 면 요리입니다. 그래서 라멘을 '중화 소바(中華そば)'라고도 부르는데, 이것이 중국, 대만 등으로 역수출되며 '일본납면(日本拉麵)', '일식납면(日式拉麵)' 등으로 불리고 있습니다. 하지만 이 납면들은 일본의 라멘과 거리가 멉니다. 라멘은 중화 요리에서 시작됐을 뿐, 일본 고유의 재료로 일본인의 입맛에 맞게 완전히 탈바꿈한 일본 음식이기 때문입니다. 특히 쓰케멘(つけ麵, 소스에 찍어먹는 라멘), 카레라멘, 토마토라멘 등은 중국의 납면과는 완전히 다른 음식이라고 할 수 있습니다.

지금의 일본 라멘은 1910년 등장했습니다. 도쿄 아사쿠사에서 오자키 간이치(尾崎貫一)라는 사람이 최초로 화교 요리사들을 고용해 일본풍 중화 요리점 라이라이켄(来々軒)을 열었는데, 이곳에서 판 남경소바(南京そば 남경, 중화)가 지금의 쇼유라멘이자 일본 라멘의 효시입니다. 교자도 이때 등장했습니다. 교자의 일종인 완탕(ワンタン, 덤플링), 슈마이(シュウマイ, 샤오마이) 등도 이곳에서 처음 판매되었는데요. 당시의 라이라이켄은 문을 닫았지만, 이곳 출신 요리사가 1933년 창업한 새로운 라이라이켄이 도쿄 메구로구의 유텐지(祐天寺)라는 동네에서 라멘 맛을 이어가고 있습니다.

이제는 서울에서도 라멘을 쉽게 맛볼 수 있지만, 기왕이면 라멘의 본고장인 도쿄에서, 점심 피크 타임이나 퇴근길 직장인들 사이에 앉아서 먹어보기를 추천합니다. 한적한 시간대에 느긋하게 라멘을 먹어서는 직장인들의 치열한 생존 경쟁과 함께 성장해온 일본 라멘의 참맛을 느끼기 어려울 테니까요. 면을 먹을 때 나는 '후루룩' 소리는 전혀 식사 예절에 어긋나지 않으니 마음껏 '면치기'를 즐기길 바랍니다.

By92 추천

도쿄 라멘

맛집

멘야시치사이

麺や七彩

쇼유라멘(醬油ラーメン, 간장 맛 라멘)의 발상지 도쿄에는 오랜 기간 내공을 쌓아온 노포에서 실력파 신참 라멘집에 이르기까지 비상한 맛의 라멘야가 숱하게 많습니다. 도쿄 한복판 주오쿠(中央区) 핫초보리(八丁堀)에 있는 멘야시치사이(麺や七彩)는 2015년 7월에 오픈한 비교적 신참 라멘집이지만 맛은 기대 이상입니다. 탄성 좋고 굵은 면발, 라멘 위에 올려진 풍미 깊은 차슈와 적절히 삶아진 달걀의 환상적인 조화도 좋지만, 이 집의 최대 강점은 라멘 국물의 느끼함을 싫어하는 사람들까지 매료시키는 농후하면서도 개운한 국물 맛입니다.

이 시원한 국물 맛은 삿포로라멘, 하카타라멘과 함께 일본 3대 라멘으로 꼽히는 후쿠시마현(福島県)의 기타카타라멘(喜多方ラーメン)의 국물을 원형으로 합니다. 쇼유라멘에 속하는 기타카타라멘의 국물에는 두 가지 종류가 있는데, 하나는 '맑게 우린' 돈코츠 국물이고, 다른 하나는 여기에 니보시(煮干し, 멸치·정어리·전갱이 등 작은 물고기를 삶아 말린 것) 베이스의 국물을 섞은 것입니다. 멘야시치사이의 국물은 후자에 해당합니다. 투명한 돈코츠 국물에, 다시마·건표고 등으로 진하게 우려낸 니보시 국물을 더해, 짙고 깊으면서도 개운한 맛을 내는 것입니다.

이 집은 주문을 받은 직후부터 면을 치기 시작합니다. 물과 소금, 함수(かん水, 중국식 면을 만들 때 밀가루에 섞는 알칼리 염수 용액)가 든 그릇에 밀가루를 넣어 정성껏 치대고, 밀대로 반죽을 늘려 면발을 뽑아내는 일련의 과정을 카운터 유리 너머로 직접 볼 수 있습니다. 분말 수프와 농축액 소스가 동봉된 포장 생면도 파는데, 집에서 끓여 보면 신기할 만큼 매장에서 먹은 맛이 재현되니, 이 집 라멘 맛에 반했다면 한두 개 사올 만합니다.

주소 中央区八丁堀2-13-2
찾아가는 법 지하철 히비야센(日比谷線) 핫초보리(八丁堀)역에서 도보 3분, 아사쿠사센(浅草線) 다카라초(宝町)역에서 도보 6분
홈페이지 https://shichisai.com/
구글 키워드 shichisai

오시마

大島

오시마는 정통 삿포로 미소라멘의 왕도를 걷는 집으로, 미소라멘 관련 상을 다섯 차례나 수상한 미소라멘 맛집입니다. 어쩌면 한국인의 입맛에 최적화된 라멘 맛집일지도 모릅니다. 돼지고기, 닭고기 등 육류로 뭉근히 고아낸 진한 육수에 생강, 마늘, 대파가 듬뿍 들어가 국물 맛이 시원하기 때문입니다. 그러면서도 구수한 미소 풍미가 살아 있어 본고장인 삿포로의 라멘 맛을 능가할 만큼 맛있는 미소라멘을 맛볼 수 있는 집입니다.

꼭 먹어봐야 할 것은 사이드 메뉴인 미니카레(ミニカレー)입니다. 주문을 하면 라멘이 나오기 전에 미리 내줍니다. 차슈 조각이 듬뿍 들어 있는 이 미니카레는 애피타이저처럼 라멘이 나오기 전에 다 먹어야 하는데, 입맛을 돋우는 역할을 톡톡히 합니다. 카운터 8석, 테이블 8석의 아주 아담한 식당으로, 점심 때 긴 줄을 피하려면 11시 이전에 가는 것이 좋습니다.

주소 江戸川区船堀 6-7-13
찾아가는 법 지하철 신주쿠센(新宿線) 후나보리(船堀)역에서
도보 7분
홈페이지 ooshima-funabori.com
구글 키워드 oshima edogawa

소바하우스 곤지키호토토기스

SOBAHOUSE 金色不如帰

　　　'미쉐린가이드 도쿄2019'에서 별 하나를 받은 라멘집 소바하우스 곤지키호토토기스. 원래부터 줄을 서는 집이었는데 한층 더 줄이 길어졌습니다. 카운터 4석에 테이블이 딱 하나이니 줄이 좀처럼 줄어들지 않지만, 여기에도 강력한 킬러 메뉴가 있으니 그냥 지나치기는 무척 아쉬운 곳입니다. 물론 두루두루 다 맛나지만 특히 참돔&키조개 시오소바(真鯛と蛤の塩そば)는 두드러지게 맛이 좋습니다. 국물 재료에 육류는 일절 사용되지 않습니다. 오직 건야채와 건어물, 그리고 참돔과 키조개로 우려낸 국물에선 참돔과 키조개의 향과 맛이 진동하는데, 한편으론 버섯 향과 허브 향도 스며 나오는 오묘한 맛의 조화가 그만입니다. 해산물과 건야채가 만들어내는 특유의 시원한 감칠맛이 그만인데, 살짝 알덴테(Al dente, 파스타 면의 중심에 살짝 단단한 식감이 남도록 삶는 것)로 익힌 수제 면이 국물과 절묘하게 어울립니다. 가히 최고의 라멘이라 칭할 수 있는 곳. 주의할 점은, 메뉴판과 라멘의 사진 촬영만 허락된, 다소 깐깐한 라멘야라는 것.

주소　新宿区新宿2-4-1 宮廷マンション 1F 105
찾아가는 법　지하철 마루노우치센(丸の内線) 신주쿠교엔마에(新宿御苑前)역에서 도보 2분
홈페이지　https://www.instagram.com/hototogisusobahouse/
구글 키워드　콘지키호토토키스

끊을 수 없는 마성의 면,
소바

소바(蕎麦)야말로 일본인에게 사랑 받는 전통 음식입니다. 일본은 16세기 말 메밀로 만든 국수인 소바를 만들어 먹기 시작했는데요. 함께해온 역사만도 라멘의 몇 배를 넘으니 그만큼 저변이 넓고 일본인의 일상 깊숙이 자리하고 있는 음식이라고 할 수 있습니다.

소바야(蕎麦屋, 소바를 파는 집)는 주택가나 상점가, 도심의 오피스가, 식당가, 역전, 공항 등 사람들 발길이 닿는 곳마다 있습니다. 고급 소바를 파는 노포, 저렴한 가격대의 프랜차이즈형 소바야, 자판기에서 식권을 사서 선 채로 먹는 다치구이소바야(立ち食い蕎麦屋) 등 식당의 형태도 다양합니다. 도시락이나 편의점의 간편식으로도 즐길 수 있습니다. 특별한 날에도 소바를 먹습니다. 오미소카(大晦日, 12월 31일)에 먹는 도시코시소바(年越し蕎麦)는 '해를 넘기는 소바'라는 뜻으로, '잘 끊어지는 소바 면처럼 그해의 나쁜 일을 모두 끊어내고, 긴 소바처럼 오래 살게 해달라'는 소망을 담고 있습니다. 이사를 가면 이웃에게 '오래오래 잘 부탁한다'는 의미를 담은 힛코시소바(引越し蕎麦, 이사 소바)를 돌립니다. 이처럼 소바는 일본인에게 가장 일상적인 음식인 동시에 특별한 음식이라고 할 수 있습니다.

소바가 본격적으로 흥하기 시작한 시기는 에도 시대. 그전까지는 메밀을 죽이나 소바가키(蕎麦がき, 소바 가루로 반죽한 덩어리)의 형태로 먹다가 제면 기술이 발전한 에도 시대에 와서야 소바를 먹게 되었습니다. 소바가 에도에 뿌리 내리는 데에는 야타이와 멜대의 역할이 컸습니다. 바쁘게 일하는 사람들에게 야타이 또는 멜대에 메고 다니면서 파는 소바는 빠르게 끼니를 때울 수 있고 가격도 저렴한 훌륭한 패스트푸드였기 때문입니다. 에도 시대 후기인 1800년대 즈음에는 에도의 소바야가 3,700여 개에 이르렀습니다. 현재 도쿄의 소바야가 5,000여 개인 것을 감안하면, 당시 에도에 소바의 세가 얼마나 컸는지 짐작할 수 있습니다. 지금도 도쿄는 일본에서 소바야가 가장 많은 지역이며, '소바는 에도, 우동은 간사이(蕎麦は江戸、うどんは関西)', 혹은 '에돗코(江戸っ子, 에도 토박이)는 소바(江戸っ子は蕎麦)'라는 말이 있을 만큼 도쿄 사람들은 소바에 대해 각별한 자부심을 갖고 있습니다.

에도 소바(江戸蕎麦)는 '사라시나(更科)', '야부(藪)', '스

나바(砂場)' 등 크게 세 가지로 구분됩니다. 포목상이었던 누노야 다헤이(布屋太兵衛)의 소바야(1789년)에서 처음 시작된 사라시나는 가늘고 탱탱한 면발이 특징입니다. 소바 생산지인 사라시나(更級)의 '사라(更)'와, 누노야 다헤이의 빼어난 수타 솜씨를 알아보고 소바야 창업을 권했던 영주 호시나(保科)의 '시나(科)'를 조합한 이름입니다. 야부소바는 도시마구 조시가야(豊島区 雑司が谷)에 있는 지지가소바(爺が蕎麦, 1735년 창업)에서 유래했는데, 소바야 주변이 온통 대나무 숲이어서 '야부(대숲)'를 이름에 붙인 것입니다. 야부소바는 감피(甘皮, 메밀 외피 안쪽 얇은 껍질) 때문에 면에 초록빛이 감돌고 쯔유(つゆ, 소바를 찍어먹는 소스) 맛이 진한 것이 특징이며, 그래서 보통 쯔유를 면 끝에만 살짝 적셔 먹습니다. 스나바는 1584년 오사카의 한 화과자점(和泉屋, 이즈미야)이 자재 창고 안에 개점한 소바야의 이름에서 유래했습니다. 이 집 소바가 당시 오사카성을 쌓던 노동자들에게 큰 인기를 끌었다고 합니다. 쯔유에 소바를 담근 채 배달되어 덜 짜고 감미로운 맛이 특징입니다.

소바 맛을 가르는 중요한 요소 중 하나는 반죽입니다. 메밀 100%로 반죽한 '주와리(十割)', 메밀에 밀가루를 일정 비율 섞은 '니하치(二八, 2:8)', '산나나(三七, 3:7)', '한한(半々, 5:5)' 등으로 나뉩니다. 메밀에 섞인 밀가루가 소바의 식감을 올리기도 하고, 메밀의 비율과 탈곡의 정도로 향을 가감하기도 합니다. 반죽의 비율이 식감과 맛, 풍미 등에 다양한 변화를 주니, 기호에 맞춰 선택하면 됩니다.

소바 맛을 구분 짓는 또 하나의 요소는 바로 쓰유 즉, 국물입니다. 주재료인 가쓰오부시와 어류, 건표고, 다시마, 대파 등의 배합 비율과 간장이 국물 맛을 결정짓습니다. 도쿄를 포함한 간토(도쿄와 그 주변 지역)의 국물은 '진한 맛 간장(濃口醬油)'으로 간을 하기 때문에 소금과 '엷은 맛 간장(淡い味醬油)'으로 간을 하는 간사이의 국물에 비해 풍미와 빛깔이 훨씬 진한 것이 특징입니다. 단, 진한 맛 간장은 깊은 풍미로 맛이 더 강하게 느껴질 뿐 염도는 엷은 맛 간장보다 낮습니다.

소바의 부흥지인 도쿄에서 노포의 소바를 맛보지 않고는 제대로 소바 맛을 보았다고 할 수 없습니다. 메밀 향이 풍부한 소바와 감미로운 쓰유 맛에 우선순위를 둔다면 야부소바 계통의 소바야를, 부드러운 면발과 은은한 메밀 향, 진한 쓰유 맛을 음미하고 싶다면 사라시나소바 계통의 소바야를, 그 중간 맛을 원한다면 스나바소바 계통의 소바야를 추천합니다.

도쿄 소바

맛집

나가사카사라시나
누노야타헤이 아자부소혼텐

永坂更科布屋太兵衛麻布総本店

도쿄 아자부주반 상점가(麻布十番商店街) 정중앙에 위치한 소바야로, 쓰유, 면, 구(具, 면 위에 올리는 토핑 재료) 삼박자가 모두 훌륭한 도쿄 최고의 소바야입니다. 최고 인기 메뉴는 쓰유에 적셔 먹는 '모리 소바(盛り蕎麦)'. 면은 메밀의 중심부인 이치반코(一番粉)만을 사용하기 때문에 거의 순백에 가까운 빛깔을 띱니다. 향이 강한 외피에서 조금 떨어진 부분으로 만들다 보니 메밀 향미는 다소 약하지만, 부드럽고 고운 식감을 즐길 수 있습니다. 가늘고 부드러운 면 덕에 깊고 진한 풍미의 쓰유 맛을 온전히 맛볼 수 있다는 것이 사라시나소바(更科蕎麦)의 가장 큰 매력입니다. 템뿌라와 세트로 시켜 소바 한 젓가락, 템뿌라 한 입을 번갈아 먹다 보면 눈 깜짝할 사이에 사라지는 맛입니다.

이 집의 백미는 '오에비템뿌라 소바(大海老天ぷら蕎麦)'입니다. 거짓말 조금 보태 팔뚝만 한 새우튀김이 2개나 나옵니다. 크기만 큰 것이 아니라 맛도 훌륭합니다. 갓 튀겨낸 싱싱한 새우는 한 입에 잘라 먹기 힘들 정도로 큰데 육질이 쫄깃하고 씹을 때마다 터져나오는 육즙 또한 고소하기 그지없습니다. 게다가 가쓰오부시 외 다양한 재료들에서 우러난 깊은 국물 맛은 가히 일본 최고라고 할 수 있습니다. 이 소바야만큼은 꼭 방문해야 할 곳! (같은 상점가 내에 유사한 상호의 소바야가 있으니 반드시 정확한 위치를 확인하고 갈 것)

주소　港区麻布十番1-8-7
찾아가는 법　지하철 난보쿠센(南北線)이나 오에도센(大江戸線)
　　　　　　아자부주반(麻布十番)역 4번 출구에서 도보 2분
홈페이지　http://www.nagasakasarasina.co.jp/
구글 키워드　Nagasaka Sarashina Nunoya Tahei Azabu

오사카야스나바

大阪屋砂場

　　　　　1872년 문을 연 이곳은 시원하고 맑은 국물을 더 좋아하는 사람에게 안성맞춤인 곳입니다. 일본의 소바즈키(蕎麦好き, 소바를 무척 좋아하는 사람) 사이에서도 '도쿄의 스나바'라고 하면 모르는 사람이 없을 만큼 그 맛을 알아주는 명가인데, 오사카성이 지어질 무렵 자재 적치장에 문을 열었던 소바야가 이 집의 시초입니다. 그래서 가게 이름에 오사카가 붙은 것. 도쿠가와 이에야스(德川家康)의 에도 천도와 함께 에도성 축성에 맞춰 오사카에서 도쿄의 고지야(糀谷)로 본거지를 옮겨왔습니다.

　　　　　사라시나와 야부 계통의 소바 가게는 도쿄에만 100곳 이상이 있지만, 스나바 계통 소바 가게는 30여 곳에 불과하여 더 귀한 가게입니다. 이 집에서 가장 추천하는 메뉴는 간장 맛을 제대로 살린 '기쓰네 소바(きつね蕎麦)'입니다. 기름기를 쫙 빼고 간장, 설탕, 맛술 등으로 졸여 달짝지근하게 맛을 낸 유부, 즉 '기쓰네'를 올린 소바는 국물 맛이 너무 진하면 두 맛이 충돌해서 맛이 이도 저도 아니게 되는데, 스나바의 장점인 맑고 개운한 국물이 기쓰네와 환상의 궁합을 이룹니다.

주소　港区虎ノ門1-10-6
찾아가는 법　지하철 긴자센(銀座線) 도라노몽(虎ノ門)역에서 도보 3분. 또는 JR 신바시(新橋)역에서 도보 10분
홈페이지　http://www.kibati-kai.net/02kamei/kameiten/toranomon_sunaba/index.html
구글 키워드　toranomon_sunaba

저는 일본 태생이에요,
와후 파스타

일본 고유의 재료나 양념 등으로 맛을 낸 파스타를 '와후 파스타(和風パスタ, 일본풍 파스타)'라고 합니다. 중국의 납면이 진화를 거듭하여 라멘으로 탈바꿈한 것처럼, 파스타도 일본으로 들어와 1세기 넘는 세월 동안 일본 고유의 색이 입혀지고 일본인의 입맛에 맞게 변신하며 와후 파스타라는 독자적인 음식이 되었습니다. 와후 파스타는 종류도 다양합니다. 아에모노(和え物, 나물), 명란, 쇼유(醬油, 간장), 우메보시(梅干し, 매실을 소금에 절여 말린 일본식 매실장아찌), 낫토, 미소, 회, 생선 알, 김 등 가정집 냉장고 속 평범한 재료들이 모두 와후 파스타의 재료가 됩니다. 도쿄 시내 파스타 전문점에도 메뉴가 따로 있을 만큼 와후 파스타는 일본 내에서 이탈리아 오리지널 파스타 못지않는 인기를 누리고 있습니다.

일본 최초의 이탈리안 레스토랑은 1880년 문을 연 니가타시(新潟市)의 이타리아켄(イタリア軒, 정확한 식당 명은 '리스토란테 마르코폴로')으로, 일본에 현존하는 가장 오래된 서양 식당입니다. 하지만 이탈리아 음식이 본격적으로 대중에게 알려진 것은 이탈리안 셰프의 식당들이 생기기 시작한 1940년대 중반부터입니다. 1955년에는 오마이브랜드(일본제분의 전신)가 마카로니와 레시피를 함께 보급하면서 일반 가정에서도 이탈리아 음식을 만들어 먹기 시작했는데요. 1970년대 화미레스(ファミレス, 가족 단위 고객을 주고객층으로 하는 패밀리레스토랑의 조어 '패밀레스'의 일본어 발음)의 메뉴에 피자와 파스타가 올라가고, 이탈리아 유학파 셰프들이 늘어나면서 이탈리아 음식은 점점 대중화되었습니다. 여기에 세레브타운(セレブタウン, Celeb Town, 최신 문화를 가장 먼저 소비하고 유행을 이끄는 사람들이 모인 부촌)에서 시작된 '이타메시(イタメシ, イタリアン+飯, 편안한 공간에서 먹는 평범한 한 끼로서의 이탈리안 요리) 붐'이 더해지면서 이탈리아 음식은 일본인의 집밥으로 거듭나기 시작했습니다.

이타메시 중에서도 일본인에게 가장 사랑 받는 메뉴인 와후 파스타는 긴 세월 동안 일본인 입맛에 맞게 바뀌며 일본인에게 가장 친숙한 와쇼쿠 중 하나가 되었습니다. 와후 파스타는 이탈리안 식당은 물론 이자카야, 동네 밥집, 편의점, 슈퍼마켓 등 도쿄 어디에서든 맛볼 수 있습니다.

도쿄 와후 파스타 맛집

이타리아테이

伊太利亜亭

　　　　　　도쿄타워를 기점으로 도라노몬(虎ノ門) 방향 대로
변에 있는 아주 아담한 올데이 파스타집입니다. 정오 전후로는 주변 직장인
들로 붐비고 합석해야 하는 경우도 생기지만, 맛도 좋고 양도 많기로 유명해
파스타를 좋아한다면 합석도 불사하고 향할 만한 맛집입니다.

　　　　올데이 파스타집답게 모든 메뉴가 맛있지만 단 하나만 골라야 한다면
'바지락, 오징어, 베이컨 토마토 수프(あさり、いか、ベーコントマトスープ)'라는 이
름의 수프 스파게티를 추천합니다. 싱싱한 바지락과 오징어 등 풍성하고 신
선한 재료로 진하게 우려낸 토마토 수프 맛이 그야말로 진국. 맛이 깊고 농후
해서 해장용으로도 그만입니다. 치즈와 타바스코를 듬뿍 뿌려 먹는 게 정석!

　　　　메뉴의 3분의 1가량을 차지하는 와후 파스타 중에서는 '카레(カレー)'가
맛있습니다. 주방에서 내오는 순간부터 진한 카레 향이 식욕을 자극하는 이
메뉴는 카레 국물 파스타가 아닙니다. 양송이, 고기, 베이컨, 양파, 마늘, 생강
등을 다져서 카레 파우더와 함께 면을 볶아낸 파스타입니다. 주인장에 따르
면 절반은 그대로 먹고, 중간부터 치즈와 타바스코를 뿌려 먹는 것이 정석. 와
후 파스타의 대명사 격인 '다라코(たらこ 명란젓)'나 '나포리탄(ナポリタン)'도 적
극 추천하는 메뉴들입니다.

주소　港区麻布台1-10-9 飯倉山雅ビル 1F
찾아가는 법　지하철 히비야센(日比谷線) 가미야초(神谷町)역
　　　　　　에서 도보 5분
구글 키워드　35.66026, 139.74281

하시야 하타가야 분점

ハシヤ幡ヶ谷分店

1972년 문을 연 와후 파스타 노포 '하시야'에서 갈라져 나온 가게로, 과묵한 아버지와 아들이 의기투합하여 수십 종류의 파스타를 만들어내는 와후 파스타 전문점입니다. 도심에 있지만, 동네 사람이 아니면 거의 올 일이 없는 오래된 상점가 옆 좁은 뒷골목에 있습니다.

이곳은 버터 베이스, 간장 베이스, 크림 베이스, 토마토 베이스, 바지락 베이스 등의 소스에 각종 일본 본토의 재료를 다양하게 조합하는 감각이 뛰어납니다. 치밀하게 계산된 조합으로 맛을 빚어내니, 아무리 생소한 맛이어도 그 맛에 반하고 맙니다. 이 집의 베스트셀러는 '명란과 우니와 오징어스파게티(タラコとウニとイカのスパゲティ)'. 고소한 풍미의 버터로 볶아낸 파스타는, 마치 명란과 우니로 코팅해 놓은 듯한 면의 비주얼부터 식욕을 돋웁니다. 성게의 농후한 맛, 톡톡 터지는 명란, 쫄깃하고 감칠맛 나는 오징어가 각기 따로 놀지 않고 고급스러운 버터 향으로 잘 융화된 맛입니다. 먹는 도중에 치즈 파우더를 뿌려 먹으면 또 다른 맛을 즐길 수 있습니다. 와후 파스타의 전형인 '명란스파게티(タラコスパゲティー)'도 이 집 것은 두드러지게 맛납니다. 그 외에 '새우버섯버터간장파스타(えびときのこのバター醤油)', '해산물우니크림소스파스타(海の幸のウニクリームソース)', '미트소스낫토파스타(ミートソース納豆)' 등도 추천 메뉴. 특제 머스터드 드레싱의 '버섯샐러드(しめじのサラダ)'도 꼭 곁들여야 할 하시야의 대표 샐러드입니다. 차갑고 싱싱한 야채 위에 따뜻한 버섯이, 그리고 그 위에 머스터드 드레싱이 올라가는데, 야채 본연의 풍미를 한층 끌어올리는 매콤하고 새콤한 드레싱 맛이 와후 파스타와도 무척 잘 어울립니다.

약간씩 차이가 있지만 노포 '하시야' 출신 요리사가 독립한 가게에선 거의 동일한 와후 파스타 메뉴를 운영합니다. '하시야 스타일'의 맥을 이어가고 있는 파스타집은 도쿄에 모두 열두 곳. 와후 파스타에 관심이 있다면, 이 하시야 계열 파스타집 투어를 해보는 것도 즐거운 미식 기행이 될 것입니다. 하시야 하타가야 분점을 제외한 열한 곳의 지역과 상호를 다음 페이지에 정리해둡니다. 어느 곳을 가든, 하시야에서 기량을 갈고 닦은 셰프들이 만들어내는 최고의 와후 파스타 맛을 볼 수 있습니다.

● 하시야 계열 파스타를 맛볼 수 있는 곳들

신주쿠산초메(新宿三丁目)의 'nokishita' / 니시신주쿠(西新宿)의 '하시야'
/ 요쓰야(四ツ谷)의 '스파게티 나가이(スパゲティながい)' / 하라주쿠(原宿)
의 '스파고(スパゴ)' / 에비스(恵比寿)의 '엉클 톰(アンクルトム)' / 요요기우
에하라(代々木上原)의 '스파자우루스(スパザウルス)' / 핫초보리(八丁堀)의
'마이요루(マイヨール)' / 닌교초(人形町)의 '스파게티 고코로(スパゲティ)' /
다치카와미나미구치(立川南口)의 '파스타비노 하시야(パスタビーノ　ハシ
ヤ)' / 다치카와키타구치(立川北口)의 '하시야 다치카와(ハシヤ　立川)'.

주소　渋谷区幡ヶ谷2-5-9
찾아가는 법　지하철 게이오신센(京王新線) 하타가야(幡ヶ谷)
　　　　　　　역에서 도보 4분
구글 키워드　**Hashiya Hatagaya Branch**

가베노아나

壁の穴

이곳은 1953년 문을 연 와후 파스타의 개척자 격인 파스타 전문점입니다(창업 당시의 상호는 'Hole in the Wall'). 이제는 와후 파스타의 상징이 된 '다라코 스파게티(タラコスパゲティ, 명란스파게티)'도 이 집에서 처음 시작되었습니다. 1967년 단골이었던 NHK교향악단의 호른 연주자가 해외여행에서 가져온 캐비아로 스파게티를 만들어 달라고 하여, 창업자 나리마쓰 다카야스(成松孝安)가 직접 만들어낸 것이 다라코 스파게티의 원형입니다. 맛은 좋았지만 고정 메뉴로 넣기에는 너무 고가라서 고심 끝에 캐비아 대신 명란을 썼다고 합니다. 토핑으로 뿌리는 김은 오차즈케(お茶漬け, 밥에 구운 생선 등을 올려 일본 전통차를 붓고 김을 뿌려 먹는 음식)에서 착안했다고 합니다.

와후 파스타를 유행시킨 곳이지만, 초창기에는 애를 먹었다고 합니다. 파스타가 '느끼한 우동' 정도로 여겨지던 시절이라 찾는 손님이 너무 없었던 것. 하지만 끊임없이 손님의 의견을 반영하여 파스타를 고안해왔고, 그렇게 만들어진 와후 파스타가 오늘날 80종류 이상입니다. 이제는 전국구 메뉴가 된 와후 파스타의 대부분이 이 집 메뉴에 뿌리를 두고 있다고 할 만큼, 수많은 와후 파스타의 원형이 이 가게에서 탄생되었습니다.

몇 군데 매장이 있지만, 세상에 나온 지 50년이 넘은 '원조 다라코(元祖たらこ, 원조 명란스파게티)'의 탄생지인 시부야 도겐자카코지(道玄坂小路) 본점을 추천합니다. 오징어, 명란, 연어 알 등을 사용한 와후 파스타는 물론 다양한 정통 파스타가 있습니다. 원조 다라코 다음으로 인기 있는 메뉴는 '명란&멸치&차조기(たらこ・しらす・しそ)'와 '명란&연어알&무(たらこ・いくら・おろし)'입니다. 특히 명란&연어알&무 파스타는 식감이 다른 두 가지의 생선 알을 간장과 갈아낸 무로 상큼하게 버무려 놓아 마치 샐러드처럼 상쾌한 맛이 납니다.

주소 渋谷区道玄坂2-25-17 カスミビル 1F
찾아가는 법 전철 게이오이노가시라센(京王井の頭線) 또는 지하철 한조몬센(半蔵門線) 또는 전철 덴엔토시센(田園都市線) 시부야(渋谷)역에서 도보 3분. 혹은 JR 야마노테센(山手線) 시부야(渋谷)역에서 도보 5분
홈페이지 http://www.kabenoana.com
구글 키워드 카베노아나 시부야 본점

매콤함에 고소함을 더하면,
탄탄멘

도쿄 사람들의 국수 사랑은 소바, 라멘, 파스타에 이어 '탄탄멘(担々麺, Dam Dam Noodles, 탄탄면)'으로까지 이어집니다. 탄탄멘도 중화 요리점, 라멘야(ラーメン屋, 라멘집), 패밀리레스토랑, 탄탄멘 전문점 등 어디서나 쉽게 맛볼 수 있는 일본의 국민 음식 중 하나. 편의점에서 파는 인스턴트 탄탄멘도 기대 이상의 맛을 냅니다. 특히 편의점 로손의 반가공 탄탄멘은 고소하고 매콤하고 달콤한 맛의 조화가 훌륭하여 금방 매진되는 인기 제품입니다.

탄탄멘도 라멘처럼 중국에서 유래했지만 일본인 입맛에 맞게 변화를 거듭하여 일본 고유의 요리로 다시 태어난 음식입니다. 유럽, 뉴욕, 홍콩의 탄탄멘이 서로 다르듯 일본의 탄탄멘도 일본인의 입맛에 맞게 진화되어 왔습니다. 도쿄 내에서도 식당마다 국물, 재료, 양념에 다양한 변화를 주며 고유한 맛의 탄탄멘을 선보입니다.

19세기 쓰촨성 청두(成都)에서 처음 등장한 탄탄멘은 상인들이 어깨에 메고 다니며 팔아서 이름에 '메다, 짊어지다'는 뜻의 한자 '담(担)'이 붙은 것입니다. 멜대를 메고 걸을 때마다 그릇에서 나는 '탕탕('달그락달그락' 소리를 나타내는 중국의 의성어)' 소리 때문에 '탕탕멘'이 되었다는 설도 있습니다. 국물이 넘치지 않아야 멜대에 지고 이동하며 판매할 수 있었기 때문에 원래 탄탄멘은 국물 없이 면에 고기만을 올린 형태였습니다. 그런 탄탄멘을 일본에 처음 알린 사람이 일본에서 쓰촨 요리의 대부로 불리는 쓰촨성 출신 중국인 요리사 천젠민(陳建民, ちん·けんみん)입니다. 1952년 일본에 온 그는 마파두부와 함께 탄탄멘을 일본인의 구미에 맞게 변형하여 선보였습니다.

일본에선 국물의 유무에 따라 탄탄멘을 다르게 부릅니다. 국물이 있는 것을 '탄탄멘', 국물이 없는 것은 '시루나시 탄탄멘(汁なし担々麺)'이라고 합니다. 여름철에는 냉면처럼 차갑게 먹는 탄탄멘도 있습니다. 라유(ラー油, 고추기름), 간장, 두반장 등으로 볶은 다진 고기(肉味噌, 니쿠미소)를 면 위에 올리고 육수를 듬뿍 부어서 내는 일본식 탄탄멘은 얼큰한 맛이 특징. 하지만 우리가 아는 매운맛보다는 중국 산초(화자오)에서 나오는 '입안이 얼얼해지는 맛'에 가까운 편입니다.

탄탄멘은 고기와 국물 재료가 무엇인지에 따라 맛이

완전히 달라집니다. 주로 소고기, 닭고기, 돼지고기를 사용하지만 드물게는 해산물을 넣기도 합니다. 그리고 땅콩과 청경채, 숙주, 소송채(小松菜, 고마쓰나), 시금치, 차슈 등을 토핑으로 올립니다. 지마장(芝麻醬, Tahini, 볶은 참깨를 빻아서 참기름·조미료 등과 혼합한 참깨 페이스트) 소스를 베이스로 하고, 토핑으로 건새우, 땅콩, 고수 등을 올리는 도쿄식 탄탄멘도 인기가 좋습니다. 얼큰함, 고소함, 칼칼함을 모두 담은 강렬한 풍미의 도쿄식 탄탄멘은 일본의 면 요리 중 한국인에게 가장 최적화된 맛일지도 모릅니다.

도쿄에서 탄탄멘을 먹고 싶다면 먼저 탄탄멘의 다양한 표기법을 알아야 합니다. 식당마다 탄탄멘을 표기하는 방법이 천차만별이기 때문입니다. '担担麵', '担々麵', '坦々麵', '坦坦麵', 'タンタン麵', 'たんたん麵' 모두 '탄탄멘'을 가리키는 단어입니다.

도쿄 탄탄멘

맛집

시센탄탄멘 아운

四川担々麺 阿吽

탄탄멘의 진정한 풍미는 좋은 재료에서 비롯되는데요. 유시마(湯島)의 시센탄탄멘 아운은 까다로운 재료로 고품격 탄탄멘을 만들어내는 것으로 정평이 난 곳입니다.

이곳 텐멘장은 특이하게도 아이치현(愛知県)의 오카자키(岡崎)에서 나는 장기 숙성시킨 검붉은 된장을 여러 재료와 혼합해 쓴다고 합니다. 두반장도 중국의 두반장 산지로 유명한 피현(郫縣) 것과 쓰촨 것을 섞고 몇 가지 비밀 재료를 더합니다. 맛의 요체일 수도 있는 라유 하나에도 아홉 가지 향신료와 생약 재료가 들어갑니다. 또한 압도적인 화력으로 순식간에 끓여내는 일반적인 방법이 아닌, 시간을 들여 뭉근하게 끓이는 방식으로 만듭니다. 그래서 그런지 고추 본연의 단맛도 잘 응축되어 있고 향미도 농후합니다. 또 화자오(花椒)도 열매 바깥 부분에 가장 많이 있는 고유의 향이 날아가지 않도록 매일 쓸 만큼만 갈아서 씁니다. 이 모든 것이 깊은 풍미의 비결.

레벨 0~6까지 총 일곱 가지 맵기와 얼얼함의 강도를 선택할 수 있습니다. 레벨 0은 라유와 중국 산초가 전혀 들어가지 않고 니쿠미소(肉味噌, 토핑용 볶은 다진 고기)에만 두반장을 사용합니다. 레벨 1은 라유의 맵기가 1, 화자오의 얼얼함이 1로 '살짝 매운맛'입니다. 레벨 2는 라유의 맵기가 2, 화자오의 얼얼함이 2로 매운맛에 익숙하지 않은 사람도 소화할 수 있는 매운맛. 최고 레벨 6이 되면 '아주 격하게 매운맛'이 됩니다. 일본의 탄탄멘 마니아들은 '게키가라(激辛, 격하게 매운맛)'를 무척 좋아하는데, '라유 레벨 4, 화자오 레벨 2'처럼 라유와 화자오의 매운 레벨을 각각 따로 정해 먹기도 합니다.

주소　文京区湯島3-25-11

찾아가는 법　지하철 지요다센(千代田線) 유시마(湯島)역 5번 출구에서 좌측으로 도보 2분. 지하철 히비야센(日比谷線) 나카오카치마치(仲御徒町)역 A4 출구 또는 긴자센(銀座線) 우에노히로코지(上野広小路)역 A4 출구에서 각각 도보 5분

홈페이지　http://szechuan-aun.com/

구글 키워드　aun yushima

화려하지 않아 더 매력적인 동네,
스기나미

시부야구, 세타가야구(世田谷区)와 맞닿아 있는 스기나미구는 도쿄 23구의 가장자리에 있습니다. 도심을 찾는 여행자들에게는 다소 멀게 느껴질 수 있지만, 사실 스기나미는 도쿄 23구 중 인구가 일곱 번째로 많은 구로 약 50만 명이 거주하는 큰 동네입니다. 인구가 훨씬 적은 미나토구(港区)나 시부야구보다 도쿄 본래의 모습을 더 많이 지닌 동네라고 할 수 있습니다.

스기나미구에 있는 아사가야는 약 1km에 걸쳐 남북으로 길게 뻗은 아름다운 느티나무 가로수 길을 중심으로 사방이 초록으로 가득한 동네. 한때 노벨상을 수상한 대문호 가

와바타 야스나리 등 일본을 대표하는 문인 수십여 명이 거주하여 '아사가야 문인촌(阿佐ヶ谷文士村)'이라고도 불렸습니다. 감수성이 예민한 문인들이 선호할 정도로 여유롭고 맛있는 밥집도 많았던 동네입니다. 그래서인지 지금도 아사가야에는 소박한 맛집이 꽤 있습니다. 특히 150여 개 점포가 모인 스타로드 상점가(スターロード商店会) 안에 동네를 대표하는 맛집들이 많이 숨어 있습니다.

1928년 요코하마(横浜)에서 창업한 노포 깃사텐의 직영점 MIKADO-YA는 커피에 매료된 창업자가 독학한 자가배전(대형 업체에서 원두를 조달하지 않고 직접 원두를 볶는 것) 커피를 맛볼 수 있는 곳입니다. 아주 감미롭고 깊은 풍미를 지닌 드립 커피, 골든카멜(ゴールデンキャメル)은 커피 애호가라면 반드시 맛보아야 할 명품 커피. 커피와 함께 판매하는 나포리탄(横濱ナポリタン), 오므라이스(トリコオムライス)도 안 먹으면 아쉬운 메뉴입니다.

이 외에도 노포 아즈마야(阿づ満や)의 우나동(うな丼, 장어덮밥), 테이크아웃 전문 디저트 가게 긴자 코지 코너(Ginza Cozy Corner, 銀座コージーコーナー阿佐ヶ谷店)의 시폰케이크(ふわふわシフォン), 와쇼쿠 전문점 가마도카(かまどか)의 명란과 연어 가마메시(釜飯, かまめし, 솥밥), 이탈리아와 스페인 요리를 맛볼 수 있는 와인&키친 레인보(Wine&Kitchen RAINBOW) 등 동네에서 오랫동안 사랑 받고 있는 맛집들을 추천합니다.

아사가야는 꼭 무엇을 먹지 않더라도 어슬렁어슬렁 천천히 배회하기에 좋은 동네입니다. 상점가 너머로 펼쳐지는 조용하고 평화로운 주택가를 서성대면서 유유자적의 시간을 보내기에도 그만. 화려한 도심과 달리 '오래된 도쿄'의 분위기가 남아 있는 이곳에서 수수한, 그리고 보통의 도쿄의 모습을 느껴보시기를 바랍니다.

part 6

도쿄 수프　내 영혼을 위한

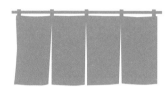

맥주와 환상의 콤비! <u>스키야키&샤부샤부</u>

몸이 찌뿌둥할 땐 <u>수프</u> 한 그릇

마음까지 데워 줄 따뜻한 <u>스튜</u>

맥주와 환상의 콤비!
스키야키&샤부샤부

　　나베모노(鍋物, 직역하면 냄비요리 혹은 찌개)는 야채나 육류, 해산물, 다시지루 등 여러 재료를 넣은 나베(鍋, 냄비)를 식탁에 올려 놓고 끓이다가, 건더기가 익으면 건져서 소스에 찍어 먹는 일본 전통 냄비요리를 가리킵니다. 근대화 이전 일본 전통 가옥에는 거실 또는 마루 중앙에 '이로리(囲炉裏)'라 불리는 커다란 화로가 놓인 공간이 있었습니다. 이로리는 난방과 취사, 조명 역할을 겸했는데, 이 이로리 위에 나베를 올려 온 식구가 둘러앉아 먹던 것이 나베모노입니다. 야키모찌(燒餅, 구운 떡)나 화과자(和菓子, 일본 전통 과자) 등의 간식을 오차(お茶, 일본 차)와 함께 즐길 때도 이로리 주변에 둘러앉아 먹곤 했습니다. 문헌에 따르면 이러한 취식 형태는 17세기 중반 시작되었다고 합니다. 역사가 아주 길

진 않지만 나베모노는 지역별로 각양각색의 형태와 종류로 발달해왔습니다. 밀푀유나베, 카레나베 등 뒤늦게 생긴 것을 제외하고, 모츠나베(モツ鍋), 요세나베(寄せ鍋), 유토후(湯豆腐) 등 전통 나베모노 종류만 해도 어림잡아 100여 가지에 이릅니다.

스키야키(すき焼き)와 샤부샤부(しゃぶしゃぶ)는 나베모노의 쌍두마차로, 주로 회식처럼 여럿이 모여 먹을 때 선택하는 단골 메뉴. 가정에서는 생일처럼 특별한 날에 차려 먹는 음식이기도 합니다. 식당에서 파는 스키야키와 샤부샤부의 가격대는 2,000~4,000엔대의 런치세트부터 1만~2만 엔대에 이르기까지 다양합니다. 고급 노포에 가면 기품 넘치는 전통가옥의 다다미방에 앉아 극진한 오모테나시를 받으며 최고급 와규의 스키야키나 샤부샤부를 맛보는 특별한 경험을 할 수 있습니다. 하지만 평범한 식당의 스키야키 정식, 샤부샤부 정식도 결코 맛에서 뒤처지지 않습니다.

스키야키와 샤부샤부는 모두 등심살을 얇게 썰어서 사용하는데, 스키야키용이 좀 더 두껍습니다. 샤부샤부가 다시마로 우린 깔끔한 육수와 폰즈(ポン酢, 고기와 야채를 찍어 먹는 소스로, 감귤류 과즙과 식초, 간장 등을 더해 만든 조미료) 등 상큼한 소스에 찍어 먹는 담백한 음식이라면, 스키야키는 미림, 술, 간장 등을 넣어 만든 와리시타(割り下)로 좀 더 진한 맛을 즐기는 요리입니다. 샤부샤부의 백미는 마지막 마무리로 먹는 '시메(締め, 〆, しめ)'. 죽이나 우동 중 하나를 선택할 수 있

습니다. 스키야키는 처음부터 흰밥에 반찬 삼아 먹는 경우가 더 일반적입니다. 진득하게 졸여진 고기나 야채를 고소한 달걀 물에 살짝 담갔다가 밥 위에 얹어 먹습니다. 간토에서는 와리시타를 처음부터 고기 등의 재료와 함께 넣는 반면, 간사이(오사카와 그 주변 지역)에서는 고기를 굽다가 와리시타를 넣는 것이 일반적인데, 작은 차이 같지만 맛이 완전히 달라집니다.

By92 추천

스키야키&샤부샤부

맛집

이마한

今半

스키야키와 샤부샤부의 명가, 이마한은 여행자에게도 익히 알려진 곳입니다. 그래도 도쿄의 스키야키를 이야기할 때 긴 세월 왕좌를 지켜온 이곳을 빼놓을 수 없습니다. 본점은 1895년 아사쿠사에 창업했고, 1921년 아사쿠사에 독립한 '이마한 벳칸(今半別館)'과 1952년 닌교마치(人形町)에 독립한 '이마한'은 모두 본점에서 노렝와케(暖簾わけ)한 곳입니다. 노렝와케는 장기간 근속한 직원에게 주인이 상호와 노하우를 상징하는 '노렝(暖簾, 포렴)'의 사용을 허락하고, 실제로 거래처나 비법을 공유함으로써 독립을 지원해 주는 일본 고유의 상도(商道, 상업 활동에서 지켜야 할 도리)입니다. 전수받은 비법에 멋대로 변주를 더하지 않고, 우직하게 원래 전수 받은 맛 그대로를 고수해 나가니 어느 매장을 가든 같은 맛이 납니다. 일본 전통 가옥 형태의 세 식당 모두 언제나 외국인 손님으로 가득합니다. 맛도 맛이지만, 기모노를 입은 정중한 나카이(仲居, 요리를 가져다 주고 대접하는 여성)가 손님상을 정성껏 돌봐주는 모습이 이방인의 마음을 더 끌어당기기도 합니다. 위 세 곳과는 조금 분위기가 다른 '요요기 이마한(代々木今半)'에서는, 소고기샤부샤부(牛肉しゃぶしゃぶ)를 주문하면 "고기를 또르르 말아서 냄비에 살포시 담갔다가 바로 꺼내 먹으라"고 안내해줍니다. 고기 안쪽은 레어로 두고, 겉만 살짝 익혀 먹어야 더 풍미를 즐길 수 있기 때문입니다.

주소　中央区日本橋人形町2-9-12
찾아가는 법　지하철 히비야센(日比谷線) 닌교초(人形町)역 A1 출구에서 도보 1분, 또는 한조몬센(半蔵門線) 스이덴쿠마에(水天宮前)역 7번 출구에서 도보 3분
홈페이지　https://www.imahan.com/
구글 키워드　닌교초 이마한

샤부센 긴자B2점

しゃぶせん銀座B2店

1971년 문을 연 꽤 오래된 식당으로, 샤부샤부나 스키야키를 홀로 호젓이 즐기고 싶을 때 가면 좋은 곳입니다. 한국에도 팬이 많은 미식 투어 드라마 '고독한 미식가(孤独のグルメ)'의 주인공 고로(五郎)처럼, 홀로 카운터석에 앉아 느긋하게 식사를 즐길 수 있습니다. 샤부샤부뿐 아니라 스키야키도 무척 맛이 좋습니다. 스키야키 정식(すき焼定食)은 토마토 샐러드(또는 아스파라거스 두부), 밥(또는 팥죽), 디저트(말차아이스크림)의 구성인데, 소고기 양이 다른 곳보다 조금 많습니다. 런치 메뉴 중에는 호주산 소고기나 돼지고기를 사용한 합리적인 가격대의 스키야키와 샤부샤부도 있습니다. 약간 매콤한 맛이 나는 참깨소스가 있는데, 주인장은 여기에 라유를 살짝 더 풀고 찍어 먹는 방법을 권합니다. 간장, 술, 다시마, 감귤류로 맛을 낸 폰즈의 새콤달콤한 맛이 고기와 궁합이 무척 좋습니다. 참깨소스와 폰즈를 번갈아 찍어 먹다 보면 어느새 고기와 야채가 흔적도 없이 사라지는 곳.

주소 中央区銀座5-8-20 銀座コア B2F
찾아가는 법 지하철 긴자센(銀座線) 또는 히비야센(日比谷線) 긴자(銀座)역 A3 출구에서 도보 1분
홈페이지 https://www.zakuro.co.jp/syabusen/shop/b2.html
구글 키워드 샤브센

닌교초 다니자키

にんぎょう町 谷崎

일찍부터 장인들이 모여들어 번성한 니혼바시(日本橋) 근방에는 유난히 맛있는 스키야키 식당이 많습니다. 어떤 스키야키 식당에 들어가도 실패하지 않는 곳이 니혼바시입니다. 이 중에서도 닌교초 다니자키는 스키야키에 창작을 더한 조금 색다른 메뉴를 파는 곳입니다. 인기 메뉴인 '스키야키풍 샤부샤부(すき焼き風しゃぶしゃぶ)'는 매콤달콤한 수프에 고기를 담갔다가 달걀에 적셔 먹습니다. 여름철 점심 한정 메뉴인 '돼지고기 냉샤부(房総豚の冷しゃぶ)'도 맛이 깔끔하고 좋습니다.

주소　中央区日本橋人形町1-7-10 ツカコシビル 1F
찾아가는 법　지하철 히비야센(日比谷線) 또는 아사쿠사센(浅草線) 닌교초(人形町)역 A2·A6 출구에서 도보 2분
홈페이지　http://www.tanizaki.jp/
구글 키워드　35.68478, 139.78261

몸이 찌뿌둥할 땐
수프 한 그릇

안티파스토(Antipasto), 프리모(Primo), 세
콘도(Secondo) 순으로 진행되는 이탈리아 요리 풀코스에서,
메인에 해당하는 프리모는 파스타 또는 수프 중에 고르게 되
어 있습니다. 이렇듯 이탈리아 요리 풀코스에서 수프는 식사
의 시작이 아닌, 메인을 차지하는 비중 있는 요리입니다. 이
점에 착안하여 도쿄에는 오직 수프만을 파는 수프 전문점이
꽤 오래전부터 있어왔습니다. 지금도 풍성한 재료로 맛을 낸
영양 만점의 수프, 한 끼 식사를 대체할 수프를 파는 전문점
이 도쿄 사람들에게 꾸준한 인기를 끌고 있습니다. 다른 식당
에 비하면 그 숫자는 현저히 적지만, 수프 전문점은 프랜차이
즈 매장부터 수십 년 된 노포, 최근에 문을 연 신생 브랜드에
이르기까지 꽤 다채로운 모습으로 다양한 공간에 자리하고 있

습니다.

수프가 일본에 상륙한 건 1549년. 바스크인 선교사 사비에르(Francisco de Xavier)가 처음 일본에 가지고 들어왔습니다. 초기에 들어온 서양 문물이 모두 그랬듯이 수프 역시 대중에게 알려지기 시작한 것은 한참 나중인 개화기(1800년대 중반) 무렵입니다. 이후 1950년대에는 수프 통조림이, 1960년대에는 수프 관련 인스턴트 제품 등이 시판되면서 수프는 빠르게 저변을 확대해나갈 수 있었고, 이후 프랜차이즈 수프 전문점이 생기면서 수프는 하나의 식사 메뉴로 각광 받기 시작했습니다. 도쿄의 수프 전문점들은 역 앞이나 시내 중심가 등 아주 가까운 곳에서 자주 만날 수 있습니다.

By92 추천

도쿄 수프

맛집

수프스톡도쿄

スープストックトーキョー

1999년 문을 연 프랜차이즈 수프 전문점으로, 역 앞에도 매장이 많아 도쿄에 와본 여행자라면 익히 알고 있을 가게입니다. 그럼에도 굳이 언급하는 이유는 수프 전문점 업계에서 가장 인기 있는 브랜드이기 때문입니다. 전철을 이용하는 도쿄의 직장인 중 이곳 수프를 한 번도 먹어보지 않은 사람은 없을 겁니다. 실제로 출퇴근 시간대에 이곳을 들여다보면, 매장 한편에 홀로 앉아 수프를 먹고 있는 직장인들을 어렵지 않게 볼 수 있습니다. 잠시 들러 포장 또는 냉동 제품만 챙겨가는 사람도 많고, 수프를 몇 통씩 사서 나가는 사람들도 많습니다.

후발주자임에도 수두룩한 선발주자들을 제치고 시장을 장악해온 수프스톡도쿄의 강점은 뭐니 뭐니 해도 뛰어난 맛. 다양한 재료 본연의 맛을 응축시킨 수프에는 화학조미료나 방부제가 일절 들어가지 않습니다. 주로 역 앞, 오피스 식당가, 공항 등 접근성이 좋은 장소에 위치한 점도 인기 요인입니다.

모든 메뉴가 맛이 좋지만 그중 으뜸은 베스트셀러이자 스테디셀러인 '오마르 새우 비스크(オマール海老のビスク)'. 진한 새우 맛이 야채, 브랜디, 와인, 그리고 토마토의 단맛과 산미와 훌륭한 조화를 이룹니다. 체로 걸러 결을 곱게 만든 식감도 좋습니다. 여름철 콜드 수프 중에는 감자의 고소한 맛이 응축된 '비시수아즈(Vichyssoise, 감자 크림 수프)'를 추천합니다. 버터로 셀러리와 리크(Leek, 큰 부추같이 생긴 채소)를 볶다가 홋카이도산 감자와 우유를 곁들여 고소하고도 개운한 맛이 납니다. 수프와 곁들여 먹는 포카차도 아주 맛납니다. 밥이나 빵, 수프, 음료 등으로 구성된 세트 메뉴도 한 끼 메뉴로 좋습니다.

주소　品川区上大崎2-16-9 JR目黒駅 アトレ目黒-1 1F
찾아가는 법　JR 메구로(目黒)역 직결. 또는 지하철 메구로센(目黒線), 미타센(三田線), 난보쿠센(南北線) 메구로(目黒)역에서 도보 2분
홈페이지　https://www.soup-stock-tokyo.com/story/
구글 키워드　Soup Stock Tokyo atre Meguro

싸오더우화

騒豆花, Sao Dou Hua

더우화(豆花, Dou Hua)란 두유를 응고시켜 만든 음식입니다. 연두부와 비슷하게 생겼지만 훨씬 보드라운 질감이고, 젤리나 푸딩에 가까운 식감을 가지고 있습니다. 응고시킨 두유 위에 시럽이나 황설탕, 매콤하거나 짭쪼름한 소스를 끼얹어 먹는데, 중국 북부에선 매콤 짭짤한 소스와 함께 아침 식사로, 남부나 대만·홍콩 등지에선 과일이나 시럽과 함께 후식으로 주로 먹습니다. 싸오더우화는 3대를 이어온 대만의 더우화 노포로, 그 일본 1호점이 바로 도쿄에 있습니다.

베스트셀러는 더우화에 땅콩, 삶은 팥, 콩 등을 올려 수프처럼 먹는 전통 더우화, '유엔 더우화(芋圓豆花)'입니다. 대두(大豆) 특유의 고소함과 감칠맛에 팥과 땅콩의 향이 더해져, 처음 먹는 사람도 금세 한 그릇 비우게 되는 묘한 매력이 있는 맛입니다. 망고, 수박, 바나나 등의 과일을 듬뿍 올려주는 후식용 더우화도 단맛이 강하지 않아서 식사 대용으로도 좋습니다. 그중 가장 인기 있는 '망고수박 더우화(マンゴースイカ豆花)'는 그날 직접 짠 두유로 만듭니다. 위에 부담이 없는 음식을 선호하거나 건강을 생각하는 사람들에게 사랑받는 곳입니다.

주소 新宿区西新宿1-1-3 新宿ミロード 7F
찾아가는 법 JR 신주쿠(新宿)역 남쪽 출구(南口)에서 도보
3~4분
홈페이지 https://www.saodouhua.jp/
구글 키워드 사오도우화

마음까지 데워 줄
따뜻한 **스튜**

　　　　일본 사람들도 비 오는 날이나 추운 날, 혹은 지친 몸을 돌보고 싶은 날 따끈한 국물 요리를 찾습니다. 스튜(シチュー, stew)도 그중 하나. 스튜는 카레 다음으로 일본 사람들에게 사랑 받는 국물 요리로, 1세기 전 일본에 들어왔지만 일본인에게 친숙한 한 끼 요리가 되기까지는 수십 년이 걸렸습니다.

　　　　스튜도 카레라이스나 오므라이스, 햄버그스테이크처럼 서양 요리에서 시작했지만 일본인의 입맛에 맞게 진화하여 이제는 일상적인 먹거리로 자리 잡은 일본 요리가 되었는데요. 학교 급식이 도입된 1950년대 초 '다양한 영양을 섭취할 수 있는 일품 요리'로 서양 요리가 각광을 받게 되면서, 스튜도 카레, 돈카츠, 햄버그스테이크 등과 함께 급식 메뉴에 올랐고, 대중화되기 시작했습니다.

시판 제품 '루(Roux, 서양 요리에서 소스나 수프를 걸쭉하게 하기 위해 밀가루를 버터로 볶은 것)'가 등장하기 전까지, 주부들이 가정에서 만들던 스튜는 주로 크림 스튜였습니다. 서양 요리의 전형처럼 보이는 이 크림 스튜는 사실 일본에서 고안된 요리인데요. 식량난으로 궁핍했던 시절, 고기 대신 탈지분유를 듬뿍 넣어 대량으로 끓인 스튜가 바로 크림 스튜의 원형입니다. 제품화한 루가 등장한 1950년대 이후로는 데미글라스 소스(Sauce Demi-glace) 베이스의 스튜도 가정에서 손쉽게 만들어 먹게 되었고, 데미글라스 베이스의 스튜 역시 크림 스튜처럼 가정식으로 안착하게 되었습니다. 이렇게 가정에서도 긴 세월을 먹어온 만큼, 도쿄에는 이런 '집밥 느낌의 스튜'를 파는 작은 식당이 많습니다.

By92 추천

도쿄 스튜

맛집

에르베

エルベ, elbe

히가시긴자(東銀座)에 있는 에르베는 '와후 스튜'를 파는 스튜 전문점입니다. 가까이에 가부키좌(歌舞伎座, 일본 전통 가무 연극을 하는 극장)가 있어서 가부키 배우들이 많이 찾는 곳이기도 합니다

사무실이 밀집한 이 일대는 끼니때면 식사하러 나온 사람들로 붐빕니다. 이 거리에 일찍이 '시추도오리(シチュー通り, 스튜의 거리)'라는 별칭이 붙은 것은 예전부터 가정집 스타일의 스튜를 파는 가게가 많았고, 이를 찾아 이 거리로 모여드는 사람들이 워낙 많았기 때문입니다. 이곳 스튜 단골들은 '오후쿠로 노 아지(おふくろの味)', 즉 '엄마 손맛'이라고 말하곤 합니다. 세련되고 화려한 맛이 아니라 어렸을 때 엄마가 부엌에서 오래도록 푹 고아서 내주던 스튜처럼 녹진하고 깊으면서도 익숙한 맛이기에 그렇게 부르는 것입니다.

부글부글 끓는 채로 질냄비에 담겨 나오는 스튜를 밥 위에 조금씩 얹어 한 입씩 먹는 그 맛이 참 좋습니다. 정말 집에서 고기를 듬뿍 넣고 정성 들여 끓여낸 진한 스튜의 맛이 납니다. 밥과 궁합이 잘 맞는 이 집 스튜 맛의 비밀은 창업 초기부터 늘 동일한 레시피로 만들어 왔다는 데미글라스 소스에 있습니다. 와인 대신 일본 술로 사흘간 푹 고아내는 방식도 이곳 스튜의 특징. 특제 데미글라스 소스에 부들부들해진 소고기와 규탕(牛タン, 소 혓살, tongue)을 밥에 얹어 먹으면 그 깊고 개운한 맛에 감탄하게 됩니다.

이곳은 저녁에는 코스만 운영합니다. 점심에 방문한다면 간판 메뉴인 '비프스튜(ビーフシチュー)'와 '믹스스튜(ミックスシチュー, 규탕+소고기스튜)'를 추천합니다. 빛깔과 식감을 살린 가부(かぶ, 순무), 브로콜리, 당근 등을 올려주는 '제철야채 비프스튜(季節野菜入りビーフシチューランチ)'도 추천 메뉴.

주소 中央区銀座3-13-17 山田ビル 1F
찾아가는 법 지하철 히비야센(銀座線) 히가시긴자(東銀座)역에서 도보 4분 또는 쓰키지(築地)역에서 도보 6분. 유라쿠초센(浅草線) 긴자잇초메(銀座一丁目)역에서 도보 8분
구글 키워드 Ginza elbe

긴노토

銀之塔

긴노토는 에르베와 함께 시추도오리에서 쌍벽을 이루는 스튜 전문 노포입니다. 1955년 문을 연 이곳은 마치 소바야처럼 생긴 외관부터가 정통 스튜가 아닌 와쇼쿠를 파는 집이라고 주장하는 듯 보입니다.

하야시라이스(ハヤシライス)는 19세기 말 일본에서 고안된 요리로, 얇게 썬 소고기와 양파를 데미글라스 소스, 토마토 소스 등으로 뭉근하게 끓여낸 걸쭉한 국물을 밥 위에 끼얹어 먹는 음식입니다.

긴노토의 스튜를 '잘 만든 고급 하야시라이스'에 가깝다고 말하는 이들이 있습니다. 그만큼 와쇼쿠의 색채가 강한 맛이라는 뜻입니다. 에르베에 비하면 농도는 낮은 편이지만, 여러 재료의 깊은 풍미가 응축된 맛이 납니다. 메뉴는 스튜와 그라탱뿐인데, 모두 세 가지 고바치(小鉢, 작은 접시에 담긴 반찬)와 밥이 함께 나옵니다. 스튜 종류에는 믹스, 비프, 야채가 있고, 그라탱은 한 가지입니다. 스튜와 그라탱 둘 다 맛볼 수 있는 '미니 스튜&그라탱 세트'도 있습니다.

주소　中央区銀座4-13-6
찾아가는 법　지하철 히비야센(日比谷線) 히가시긴자(東銀座)
　　　　　　역 A 출구에서 도보 3분 또는 쓰키지(築地)역 2번
　　　　　　출구에서 도보 5분. 긴자센(銀座線) 긴자(銀座)역
　　　　　　A11 출구에서 도보 5분
홈페이지　gin-no-tou.com
구글 키워드　Ginnotou

요시카미

ヨシカミ

요쇼쿠야(양식당)에서 스튜는 특히나 비법이 발휘되는 요리. 요체는 데미글라스 소스인데요. 고유의 재료(레드와인, 양파, 토마토 페이스트 등) 외에 채수나 해산물 육수를 섞거나 미소나 쇼유(간장)와 같은 와쇼쿠 재료를 더하는 등 식당마다 각각의 비장의 무기로 데미글라스 소스를 끓여 독보적인 비프 스튜 맛을 만들어냅니다.

'스튜 격전지'라 불릴 만큼 스튜 맛집이 많은 아사쿠사는 눈 감고 골라 들어가도 진미 스튜를 만나는 곳인데요. 아사쿠사역에서 걸어서 6분 거리인 요시카미는 그중에서도 으뜸인 곳. 반세기 훌쩍 넘은(1951~) 노포의 맛은 늘 긴 줄을 세우지만 '요오쇼쿠야 스튜'의 진수를 맛보려면 꼭 가야 할 집. 네 시간여 끓여 맛을 응축시킨 데미글라스 소스의 비프 스튜를 냄비에 담아 내줍니다. 입에서 살살 녹는 큼지막한 고깃덩어리와 아삭한 식감을 남긴 풍미 좋은 야채의 균형은, 긴 줄을 서도 후회하지 않을 맛입니다.

팁 하나. 긴 대기 줄에 낙담할 필요가 없는 스튜 천국이 아사쿠사. 근처의 '파이치(ぱいち, 1936년 창업)'도 둘째가라면 서러울 스튜 맛집입니다. 전형적인 와쇼쿠집 분위기의 오픈 주방 카운터에 앉아 있노라면, 와쇼쿠 전용 무쇠 냄비에 스튜가 가득 담겨 나옵니다. 와쇼쿠의 양념이 스친 듯 구수한 소스에, 고기도 감자도 모두 굵직굵직합니다. 아담하지만 스튜는 물론 모든 메뉴가 고루 맛난 요쇼쿠 사토(洋食 佐藤)도 두 집 못지않은 곳.

주소 台東区浅草1-41-4 六区ブロードウェイ
찾아가는 법 지하철 긴자센(銀座線) 아사쿠사(浅草)역 센소지
　　　　　　(浅草寺) 출구에서 하차 후 도보 6분
홈페이지 www.yoshikami.co.jp
구글 키워드 요시카미

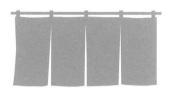

돈부리모노의 매력

돈부리모노는 뎀뿌라나 사시미, 조리된 육류 등 밥반찬이 될 요리(具, ぐ, 요리의 부재료 혹은 건더기)를 밥 위에 얹고, 다레나 간장을 뿌려 먹는 덮밥 형식의 일본 요리를 총칭하는 말입니다. 밥공기보다는 좀 더 크고 속도 깊은 사발을 '돈부리바치(丼鉢, どんぶりばち)'라고 하는데, 여기에 밥을 담고 요리를 올려 먹습니다. 직장인들이 점심시간에 후딱 먹을 수 있는 일품 요리 중 일등으로 꼽히는 메뉴입니다.

사실 돈부리모노는 역사가 아주 긴 음식은 아닙니다. 무로마치 시대(室町, 1336~1573)에 '호항(芳飯, 다진 야채·생선을 올린 밥을 장국에 만 것)'이란 음식이 있었지만, 가장 대표적인 돈부리모노라고 할 수 있는 우나기동(鰻丼, 장어덮밥)의 원형인 '우나기메시(鰻飯)'는 1800년대 초에, 새우튀김을 올린 덴동(天丼, 튀김덮밥)은 1800년대 말에야 각각 등장했습니다.

한 그릇으로 모든 걸 해결할 수 있는 돈부리모노는 원래 바쁜 상인이나 쇼쿠닌(職人, 장인) 사이에서 확산되었던 '패스트푸드'급 음식이었습니다. 쯔유를 면 위에 끼얹어 먹는 붓카케소바(ぶっかけ蕎麦), 밥 위에 돈카츠를 올린 카츠동(カツ丼), 밥에 사시미를 올린 가이센동(海鮮丼) 등도 모두 돈부리모노의 계보를 잇는 음식들입니다. 현재는 고급화한 돈부리모노 전문점도 생겼지만, 바쁜 일상에 쫓기는 현대의 도쿄 사람들에게 돈부리모노는 여전히 소박한 한 끼 식사 메뉴입니다.

정통 도쿄식 덴동인 에도마에텐동(江戸前天丼)은 다레의 맛이 두툼한 튀김옷과 밥에 깊숙이 배고, 튀김옷의 식감도 부드러워진 다음에 먹는 것이 정석. 이를 위해서는 뚜껑을 일정 시간 닫아 둬야 합니다. 도쿄의 노포들은 대개 이런 방식의 에도마에텐동을 고수하여 뚜껑을 닫은 채로 손님에게 냅니다. 반면 뚜껑을 연 채로 내는 방식은 튀김옷의 바삭한 식감을 살리기 위한 것인데, 이는 뎀뿌라 거장인 곤도 후미오(近藤文夫)가 긴자에 뎀뿌라곤도(てんぷら近藤)라는 자신의 가게를 내면서 처음 선보인 방식입니다. 이것이 확산되어 지금은 트렌드가 되었습니다. 서울에서 파는 덴동도 이처럼 뚜껑을 연 채 서빙하는 경우가 대부분이지만, 정통인 에도마에텐동의 방식은 아닙니다.

By92 추천

도쿄 돈부리모노
맛집

덴쿠니

天国

도쿄의 덴뿌라, 그중에서도 덴동을 이야기할 때 빼놓을 수 없는 곳이 노포 덴쿠니입니다. 1885년 긴자에 문을 열었을 당시에는 야타이에서 갓 튀겨낸 덴뿌라를 팔던, 서서 먹는 패스트푸드점이었습니다. 세월이 흐르면서 공간도 달라지고, 메뉴도 갓포요리, 샤부샤부, 가이세키 요리 등 다양해졌지만, 덴쿠니는 역시 덴동이 가장 훌륭합니다. 숙련된 덴뿌라 장인이 튀겨내는 덴뿌라, 내내 불을 지펴 일정 온도와 농도를 유지하는 다레, 그리고 이 두 맛을 깔끔하게 결합시켜 주는 따끈한 흰밥이 삼위일체를 이룬 정통 에도마에텐동을 맛볼 수 있는 곳입니다.

고급 노포의 덴동이지만 1층과 2층 테이블석에서 먹으면 그리 부담스럽지 않은 가격으로 대표 메뉴들을 먹을 수 있습니다. 특히 점심 특별 메뉴(お昼食特別メニュー)인 '오히루 덴동(お昼天丼, 점심 덴동)'이나 '오히루테이쇼쿠(お昼定食, 밥·튀김·미소시루가 따로 나오는 점심 정식)'는 비교적 합리적인 가격으로 노포의 내공을 음미할 수 있습니다. 정통 에도마에텐동의 맛이 궁금하다면 기꺼이 찾아야 할 맛집입니다.

주소　中央区銀座8-11-3
찾아가는 법　JR 신바시(新橋)역에서 도보 3분
홈페이지　http://www.tenkuni.com/
구글 키워드　텐쿠니

밥 위에 펼쳐진 제철 사시미의 향연,
가이센동

가이센동은 흰밥 위에 사시미를 올린 돈부리모노로, 원래 수수한 밥집에서 저렴한 가격으로 먹는 가벼운 한 끼 메뉴입니다. 한국으로 치면 백반이나 된장찌개 등의 자리매김 정도 되는데요. 그러니 가이센동을 가장 가이센동답게 먹으려면 가이세키 요리점이나 고급 식당이 아닌 평범한 밥집에서 조촐하게 먹어야 제대로입니다. 저렴한 가격으로 간단히 때우는 한 끼 메뉴지만, 일본은 갓 잡아 올린 싱싱한 생선이 넘쳐나는 환경이다 보니 어느 식당을 가나 그 맛이 좋습니다.

가이센동이 에도마에 지라시즈시에서 파생된 음식이라는 설이 있습니다. 하지만 지라시즈시(ちらし寿司)는 식초, 청주, 소금, 설탕 등으로 간한 밥(스메시) 위에 사시미와 야채

등을 올리는데, 가이센동은 일반적으로 스메시 대신 맨밥을 사용합니다. 흰밥 위에 새우, 연어 알, 성게 알, 문어, 관자, 참치 등 다양한 사시미가 올라갑니다. 먼저 작은 종지에 간장과 와사비를 잘 섞어 사시미 위에 전체적으로 뿌리고, 젓가락으로 사시미와 밥을 한 입씩 떠서 먹으면 됩니다. 밥을 뒤섞거나 숟가락으로 비비지 않습니다.

By92 추천

도쿄 가이센동

맛집

스시코

すし好

너무 수수하지 않으면서 가격은 합리적인 곳을 찾는 사람에게 안성맞춤인 집입니다. 스시 체인점이지만 체인 중에는 꽤 고급이고 가이센동 맛도 아주 좋습니다. 일반 밥집보다는 가격이 나가는 만큼 해산물을 듬뿍 올려주고 양도 꽤 됩니다. 가이센동뿐만 아니라 스시 세트 역시 비교적 저렴한 가격에 훌륭한 맛을 자랑합니다. 스시 체인점인 '이타마에스시(板前寿司)'에서도 비슷한 가격으로 맛있는 가이센동을 먹을 수 있는데요. 도쿄의 평범한 직장인들도 깔끔한 공간에서 스시나 가이센동을 먹고 싶을 때 스시코와 이타마에스시 중 한 곳을 갑니다. 본점은 쓰키지에 있고 그 외에도 매장이 많지만, 여기에서는 현지인이 많이 찾는 아카사카 지점을 소개합니다.

주소 港区赤坂1-12-32 Ark Mori Building 1F
찾아가는 법 지하철 난보쿠센(南北線) 롯폰기잇초메(六本木一丁目)역 3번 출구에서 도보 1분
홈페이지 https://www.tsukiji-sushiko.com/
구글 키워드 tsukiji Sushiko Jin

단순하지만 깊은 맛,
우나기동

다레를 발라 구워낸 장어를 뜨끈뜨끈한 흰 밥 위에 올려 먹는 우나기동은 본래 도쿄의 향토 요리로, 도쿄 어디에든 있습니다. 전문점은 물론, 소바집이나 덴동집에서도 우나기동을 팝니다. 슈퍼마켓이나 편의점, 철도역 등에선 벤또의 형태로, 공항 면세점에선 레토르트 제품으로 팔 만큼 흔한 와쇼쿠인데요.

우나기동의 주인공은 장어. 하지만 그 풍미와 맛을 좌지우지하는 건 소스, 즉 다레입니다. 간장과 미림, 술, 설탕 등으로 만든 다레를 따끈한 밥 위에 뿌리고, 그 위에 가바야키(蒲焼, 생선의 배를 갈라 뼈를 제거한 다음 꼬챙이에 꿰어 데리야키 소스를 발라 구운 양념구이)한 장어를 올리면, 장어의 육즙과 녹진하고 구수한 맛의 다레가 어우러져 깊은 맛을 냅니다.

장어 맛을 한층 증폭시켜 주는 다레는 가게마다 독자적인 비법을 가지고 있습니다. 한 노포에서는 직접 만든 다레 맛에 대한 자신감의 표시로, 따끈한 밥에 다레만 끼얹어 먹는 '우나다레동(うなだれ丼)'이라는 메뉴도 팔 정도입니다. 우나기동을 '우나기메시(鰻飯)'라고도 하고 '우나주(鰻重, 목제 찬합에 담은 장어덮밥)'라고도 합니다. 간혹 우나기동, 우나주 둘 다 메뉴에 올라와 있는 식당도 있는데, 이런 집에서는 우나주가 우나기동보다 양이 훨씬 많고, 곁들임 요리가 추가된 메뉴일 수 있습니다.

By92 추천

도쿄 우나기동

맛집

우나기도쿠

うなぎ徳

우나기동의 명가는 시내 각지에 무척 많지만, 관광객으로 늘 붐비는 곳이 대부분입니다. 여행자들에게 덜 알려졌지만 도쿄 사람들에게 유독 사랑 받는 노포 가운데 꼭 가보길 권하고픈 곳이 있습니다. 니시아자부(西麻布)의 우나기도쿠입니다. 모던한 분위기의 카운터에 앉아 오픈된 주방을 바라보며 먹는 곳인데, 맛도 물론 좋습니다. 사실 이곳은 우나기동 전문점이 아니라 이자카야에 가까운 아담한 가게이며, 일반적인 우나기동이 아닌 '히쓰마부시(櫃まぶし)'를 팝니다. 이는 우나기동과 비슷하지만 먹는 형식이 조금 다릅니다.

우선 담아 나오는 방식부터 다릅니다. 히쓰마부시는 가바야키한 장어를 오히쓰(お櫃, 나무 밥통 같은 것)에 담긴 밥 위에 올려줍니다. 여기에 밥공기가 딸려 나오는데, 이 밥공기에 밥을 조금씩 덜어 먹으면 됩니다. 이렇게 덜어 먹는 데에는 이유가 있습니다. 장어덮밥을 세 가지 단계로 즐기라는 뜻입니다. 첫 공기는 산초를 뿌려 먹고, 두번 째 공기는 사라시네기(さらしねぎ, 찬물에 담가 매운맛을 뺀 가늘게 채썬 대파)와 와사비를 얹어 개운한 맛으로 즐깁니다. 중간중간 스이모노(吸い物, 맑은 국)를 한 모금씩 마시며 하시야스메(箸休め, 입가심) 하는 것도 잊지 말아야 합니다. 마지막 공기는, 작은 사기 주전자에 담겨 나온 뜨끈한 다시지루를 부어서 오차즈케로 만들어 먹습니다.

주문을 받은 후 밥을 짓고 장어를 굽기 시작하니 20~30분을 기다려야 하지만, 충분히 기다릴 가치가 있는 한 끼 메뉴입니다. 맛 좋은 일본 요리를 다양하게 갖추고 있는 것도 이 집의 장점입니다. 밥이 나올 때까지 와인과 함께 여러 쓰마미(つまみ, 요리)를 맛보는 것도 괜찮습니다. 시부야, 긴자, 하마마쓰에도 매장이 있지만, 늘 단골로 북적이는 이 집에서 먹어야 더 '도쿄에서 먹는 한 끼' 느낌이 날 것 같습니다.

주소 港区西麻布4-17-33

찾아가는 법 지하철 히비야센(線) 히로오(広尾)역에서 도보 15분 또는 롯폰기(六本木)역에서 도보 20분

홈페이지 https://www.unagiya.co.jp/

구글 키워드 Unagitoku Nishiazabu

새로운 도쿄의 부엌,
도요스시장

바다를 끼고 있는 도시 도쿄에는 해안가를 따라 형성된 동네가 매우 많습니다. 약 100년 전 조성된 도요스(豊洲)라는 지역은 이 중에서 가장 인기를 끄는 곳인데 처음부터 그랬던 건 아닙니다. 도요스는 대지진 때 생긴 어마어마한 양의 기왓장과 보도 블록의 파편 처리를 위해 도쿄만(東京湾) 연안에 만들어진 매립지 중 한 곳이었습니다. 발전소, 중공업 회사, 물류 회사, 상가 등이 전부였던 이 동네가 환골탈태한 것은 1980년대 후반 지하철 유라쿠초센(有楽町線)의 개통으로 긴자까지 불과 15분 거리의 동네가 되면서부터입니다.

이후 타와만(タワマン, 초고층 고급 타워 맨션), 초고층 오

피스 빌딩, 복합 상업 건물 등이 속속 들어섰고, 인기 거주 지역이자 오피스타운이 되었습니다. 2018년에는 긴자와 이웃해 있던 쓰키지시장이 이곳으로 이전했는데, 그 시장이 바로 도요스시장(豊洲市場, 도요스 수산물 및 청과 도매시장)입니다.

쓰키지시장의 바톤을 이어받은 도요스시장은 예전과는 전혀 다른 모습으로 도요스 바닷가에 자리 잡았습니다. 일단 크기가 도쿄 돔 다섯 개를 합한 면적이었던 쓰키지시장(약 7만 평)의 1.7배에 이릅니다. 큰 변화가 일어난 부분은 새롭게 단장한 식당들입니다. 쓰키지 시절과 달리 마치 오피스가의 식당처럼 반짝반짝 광이 나는 실내 공간에 문을 열었습니다.

쓰키지의 노포 39곳 모두 도요스로 옮겨 왔지만, 레트로 감성을 자극하던 쓰키지 시절의 모습은 남아있지 않습니다. 오래된 시장 길에 낭만을 느꼈던 사람이라면 서운할 수 있지만, 외관만 바뀌었을 뿐 맛은 모두 예전 그대로. 잘 정돈된 쾌적한 공간에서 예전과 변함없이 좋은 가격으로 갓 잡아 올린 싱싱한 해산물 요리를 맛볼 수 있게 된 것입니다.

식당가는 아침 5시에서 오후 5시까지 영업하지만, 낮 1시쯤 닫는 곳이 많으니 빨리 가는 편이 좋습니다. 식당에 가기 전 시장 휴무일도 알아보고 방문해야 합니다.

part 8

이국에서 맛보는
또 다른 이국의 맛

도쿄 미식 여행의 정점, **프렌치**

일본인들이 일식만큼 자주 먹는 **이탈리안**

오감을 만족시키는 다채로운 맛의 향연, **차이니스**

익숙한 듯 낯선 이국의 맛, **에스닉 요리**

도쿄 미식 여행의 정점,
프렌치

프랑스 요리에는 독특한 개념이 있습니다. 바로 '가스트로노미(Gastronomie)'인데요. 요리한 음식 자체는 물론, 조리법과 준비 과정, 접대 방식, 문화와의 관계까지 고찰하는 것을 말합니다. 더 나아가서는 요리를 예술, 사회과학, 자연과학의 총체라고 보는 것이지요. 프랑스인의 음식에 대한 자부심은 이런 태도에서 비롯된 것이라고 생각할 수 있습니다. 이렇게 콧대 높은 프랑스인들이 미식에 대해 세워 놓은 하나의 기준이 '미쉐린'이며, 미쉐린이 16년 연속 가장 많은 별을 준 도시가 바로 도쿄입니다.

흥미로운 것은 자국보다도 더 많은 별을 준 도쿄의 식당 230곳 가운데 무려 4분의 1 가까이가 프렌치 레스토랑이라는 것(2019년 기준)입니다. 미쉐린 평가단은 '도쿄 프렌치'

에 대해 '가스트로노미를 구현한 요리'라는 찬사도 잊지 않았습니다. 내용(조리 기술)과 형식(아름다운 플레이팅)에 오모테나시가 더해져 좋은 점수를 받은 것입니다. 프랑스 요리의 거장 폴 보퀴즈(Paul Bocuse, 1926~2018)도 프랑스의 코스 요리에 일본의 가이세키 요리를 빗대며, 두 나라의 요리는 서로 통하는 면이 있다고 말했습니다. 그래서인지 일본에서는 꽤 일찍부터 프랑스 요리가 흥했습니다.

　　프랑스 요리는 1800년대 중반 도쿄의 쓰키지호텔관(築地ホテル館)에서 처음 선보였습니다. 1900년대 초에는 대중적인 양식당의 메뉴에 올랐고, 1940년대 말에는 제대로 형식을 갖춘 프렌치 레스토랑이 도심 곳곳에 생겨나기 시작했습니다. 이 시기에 문을 연 곳 중에는 긴자의 '미카사 카이칸 혼텐 하루나(三笠会館本店 榛名, 1948년 오픈)', '에스코피에(エスコフィエ, 1950년 오픈)' 등 현존하는 곳도 다수 있습니다. 일본의 프랑스 요리 역사에 가장 큰 변곡점이 생긴 시기는 1972년 폴 보퀴즈가 자신의 식당과 제휴한 긴자의 프렌치 레스토랑 렝가야(レンガ屋)의 오픈에 맞춰 일본을 방문한 이후로 봅니다. 그가 관여한 이 식당이 오픈하자마자 폭발적인 인기를 누렸고, 이는 곧 프렌치 레스토랑 붐으로 이어졌습니다. 이후 발전을 거듭해온 도쿄의 프랑스 요리는 프랑스 전통 요리부터 프로방스나 바스크 등의 향토 요리, 누벨 퀴진(1970년대 프랑스 고전 요리에 대한 반발로 등장한 요리법), 프랑스 가정식, 가이세키 요리나 갓포 요리와 결합한 도쿄 프렌치에 이르

기까지 아주 넓은 스펙트럼을 자랑합니다.

도쿄 프렌치를 꼭 먹어봐야 하는 이유는 두 가지입니다. 오모테나시와 미식을 동시에 누릴 수 있고, 일본인 특유의 섬세한 솜씨로 한층 맛을 끌어올린 도쿄식 프랑스 요리를 맛볼 수 있기 때문입니다. 도쿄 프렌치는 고급 레스토랑뿐 아니라 합리적인 가격대의 런치세트를 파는 비스트로, 가정식을 내주는 평범한 밥집, 카운터석에 걸터앉아 편안하게 즐기는 바(bar)나 이자카야, 서서 먹는 다치노미야 등 다양한 곳에서 만날 수 있으며, 이런 다양한 공간들은 도쿄 어디에서나 쉽게 볼 수 있습니다. 주택가 뒷골목에는 격식에 얽매이지 않고 자유롭고 편안한 분위기에서 프랑스 요리를 즐길 수 있는 프렌치 식당이 많습니다. 잘만 골라 들어간다면, 동네의 작은 식당에서 미쉐린 식당을 뛰어넘는 맛을 경험할 수도 있습니다. 정통 프렌치, 프랑스 가정식, 가이세키 요리를 응용한 '가이세키 프렌치', 젓가락으로 먹는 '창작 프렌치', 다양한 이국적 요리들과 함께 나오는 프렌치 등 프렌치의 무한 변주를 도쿄 곳곳에서 누려 보길 바랍니다.

By92 추천

도쿄 프렌치

맛집

가미쿠라

かみくら

도쿄 중심부에서 약간 서쪽에 위치한 가구라자카
(神楽坂)는 특히 프렌치 식당이 많이 포진하여 '리틀 파리'라는 애칭까지 붙은
동네입니다. '가미쿠라'라는 프렌치식당은 지은 지 약 70년 된 일본 전통 가
옥에서, 정통 프렌치에 일본식 재료와 조리법을 더한 '창작 프렌치'를 맛볼 수
있는 곳입니다.

가쿠렘보 요코초(かくれんぼ横丁)라고 불리는 좁은 골목길 안에 있는데
짙은 밤색의 나무 미닫이 대문을 통과해 안뜰을 지나면 나옵니다. 은은하게
나무 향이 밴 고옥 안으로 들어가면 아담한 정원을 조망할 수 있는 공간이 나
오며, 테이블마다 젓가락이 가지런히 놓여 있습니다.

'릴랙스 프렌치'를 지향하는 식당으로, 격식을 차리지 않고 편안하게 프
렌치 음식을 음미할 수 있는 공간입니다. 일본인에게 익숙한 젓가락을 놓은
것도 같은 맥락. 오마카세 코스만을 제공하는데, 디저트 포함해 대여섯 가지
요리로 구성된 풍성한 코스임에도 가격은 합리적인 편입니다.

제철 재료만을 사용하기 때문에 오마카세 코스의 구성은 달마다 바뀝
니다. 하지만 어떤 메뉴가 나오든 일본식 재료와 프랑스식 재료가 만나 만들
어내는 맛의 하모니가 아주 훌륭합니다. 오마카세이다 보니 특정 메뉴를 선
택할 수는 없지만, 레몬타임 버터 소스를 곁들인 '금눈돔 푸알레(金目鯛のポワ
レ, Poêler, 야채 위에 고기를 올려 오븐으로 찜한 요리)', 마데이라 와인(Vinho da
Madeira)으로 만든 달콤한 소스와 현미소금(玄米塩) 두 가지 맛의 '홋카이도
산 소고기 안심 커틀릿(北海道産牛フィレ肉の牛カツレツ)' 등은 프랑스의 맛 속에
일본의 맛을 녹여낸 센스와 창의력이 특히 돋보이는 요리들입니다.

주소   新宿区神楽坂3-1
찾아가는 법   지하철 유라쿠초센(有楽町線)이나 난보쿠센(南北
線) 이다바시(飯田橋)역에서 도보 5분. 또는 JR 이
다바시역 남쪽 출구(南口)에서 도보 6분. 또는 지
하철 오에도센(大江戸線) 우시고메카구라자카(牛
込神楽坂)역에서 도보 10분
홈페이지   http://www.kamikura.info/top.html
구글 키워드   kagurazaka-kamikura

셰 앙드레

Chez Andre du Sacre-Coeur

닌교초(人形町)는 오래된 식당과 술집, 수십 년 된 깃사텐들이 거리를 가득 메운 동네입니다. 이렇게 노포가 많은 닌교초에서 묘한 매력을 발산하는 공간이 있습니다. 프랑스 가정식을 파는 셰 앙드레. 엄마 손맛 집밥이 주는 감동을 느낄 수 있는 곳입니다. 손맛의 주인공은 이 집의 여주인이자 몽마르트 태생의 프랑스인인 로랑스. 젊은 시절 일본으로 유학을 와서 취업까지 한 그녀는 우연히 방문한 노포 소바집의 아들과 사랑에 빠져 결혼하게 됩니다. 이후 남편과 소바집 확장을 구상하던 중 부모님이 파리 몽마르트에서 운영했던 카페를 떠올렸고, 프랑스 가정식 식당을 닌교초에 내게 되었다고 합니다.

주인장은 프랑스 요리의 핵심 재료인 퐁드보(Fond de Veau, 송아지 고기로 우린 진한 육수)와 화이트크림을 늘 손수 만듭니다. 추천 메뉴는 그라탱, 키슈로렌, 치킨소테 같은 전형적인 프랑스 집밥 요리들로, 양도 푸짐하고 간도 딱 맞는 엄마 손맛 그 자체입니다. 식사 메뉴뿐 아니라 디저트도 모두 홈메이드. 화려한 디저트보다는 초콜릿무스나 딸기타르트처럼 파리의 가정에서 흔히 만들어 먹는, 소박하지만 정성이 듬뿍 담긴 디저트 메뉴가 많습니다. 맛도 맛이지만, 늘 홀을 동분서주하는 로랑스가 언제나 '봉주르' 하며 밝게 손님을 맞이해서 식당에 들어서는 순간부터 기분이 좋아지는 곳.

몽마르트 주민에게 큰 인기를 끌던 부모님 식당의 맛을 그대로 옮겨다 놓았으니, 프랑스 가정식의 맛을 잘 아는 사람이라면 더없이 반가울 식당입니다. 디너타임에는 종종 아코디언이 연주되기도 합니다.

주소　中央区日本橋人形町1-8-5
찾아가는 법　지하철 히비야센(日比谷線) 닌교초(人形町)역 A2
　　　　　　출구에서 도보 1분, 지하철 한조몬센(半蔵門線) 스
　　　　　　이텐구(水天宮)역 8번 출구에서 도보 3분
홈페이지　http://park7.wakwak.com/~chezandrescoeur/
구글 키워드　cafe chez andre

송 데코네

Sans Deconner

파리 17구에는 유자후추, 미소, 일본 토종 호박(日本南瓜) 등 일본식 재료를 활용한 독특한 프렌치 요리로 미쉐린 별을 받고, 예약이 어려울 만큼 인기를 누리고 있는 'Bigarrade(비가라드)'라는 식당이 있습니다. 바로 이곳에서 수셰프로 다년간 솜씨를 뽐내던 일본인 셰프 시부야 마사유키(渋谷将之)가 일본으로 돌아와 시부야의 한 주택가에 문을 연 식당이 송 데코네입니다. 도쿄의 미식가들 사이에서 아주 핫한 프렌치 비스트로인데요.

파리에서 함께한 프랑스인 셰프 두 명도 합류한 이곳에서는 그날그날 확보한 재료에 따라 메뉴가 정해집니다. 그래서 메뉴판도 없습니다. 하지만 어떤 요리든 훌륭한 맛을 선사합니다. 셰프는 요리가 완성되자마자 손수 손님에게 가져다 주고, 손님은 와인셀러에서 직접 와인을 꺼내서 마십니다. 이렇게 각자 지갑 사정에 맞는 와인을 주인장 눈치 보지 않고 편히 꺼내 마실 수 있는 점도 이 식당의 매력입니다. 메뉴를 고를 수 있는 점심과 달리 저녁에는 셰프가 정해서 내주는 오마카세 코스만 있습니다. 선택지가 없다는 점이 불만인 사람도 있겠지만, 일단 요리 맛을 보고 나면 열이면 열 오길 참 잘했다는 생각이 들 훌륭한 맛입니다.

이곳의 특징은 정통 프렌치에 창의력을 더한 요리들을 맛볼 수 있다는 점. 셰프들이 서로 프랑스어를 주고받다 보니 언뜻 파리에 온 듯한 착각이 들지만, 홀에는 일본 쇼와 시대 히트곡이 흘러나오는 아주 오묘한 분위기의 식당입니다. 그 오묘한 조화가 이 집의 재기발랄한 요리들과도 무척 닮아 있습니다. 이렇게 활기 가득한 식당이 시부야와 같은 번화가가 아닌 아주 고요한 고급 주택가에 위치한 점도 반전 매력 중 하나.

주소　渋谷区松涛2-13-10
찾아가는 법　이노가시라센(井の頭線) 신센(神泉)역 서쪽 출구
　　　　　　　(西口)에서 도보 4분. 혹은 고마바토다이마에(駒場
　　　　　　　東大前)역 동쪽 2번 출구(東口2)에서 도보 10분
홈페이지　https://www.instagram.com/sans_deconner/
구글 키워드　sans deconner

브라세리 폴 보퀴즈 르 뮤제

BRASSERIE PAUL BOCUSE Le Musee

도쿄의 프리미엄급 프렌치 레스토랑은 이미 미쉐린 가이드로 유명해진 식당이 대부분입니다. 그런데 이런 식당들의 프로모션의 취지를 제대로 담은 런치세트에 대해서는 비교적 덜 알려져 있는 듯합니다. 런치세트의 장점은 각 식당의 지향점과 특징을 알 수 있는 대표 메뉴들로 구성된 프렌치 요리를 합리적인 가격대에 즐길 수 있다는 것인데요. 도쿄의 프리미엄 레스토랑 중에는 세컨드 브랜드(고가 브랜드의 콘셉트를 살리되 가격을 다소 낮게 책정한 브랜드)를 둔 곳도 많습니다. 세컨드 브랜드 식당도 결코 맛에 소홀하지 않습니다. 이와 같은 런치세트와 세컨드 브랜드는 합리적인 가격에 그 식당 본연의 요리를 즐길 수 있는 방법 중 하나이지요.

도쿄에는 프랑스 요리의 거장인 폴 보퀴즈의 손맛이 담긴 요리를 맛볼 수 있는 여러 등급의 식당들이 있는데요. 이 중 롯폰기(六本木) 국립신미술관(国立新美術館) 내의 '브라세리 폴 보퀴즈 르 뮤제(BRASSERIE PAUL BOCUSE Le Musee)'를 추천합니다. 브라세리(캐주얼한 선술집을 겸한 식당)를 표방한 세컨드 브랜드지만, 맛과 공간 모두 웬만한 프리미엄 레스토랑 이상입니다.

일본을 대표하는 건축가이자 사상가인 구로카와 기쇼오(黒川紀章)가 설계한 모노 톤의 광활한 홀 한편, 웅장한 역원추형 구조물 꼭대기에 식당이 있습니다. 높은 천장과 탁 트인 구조 속 마치 하나의 작품과도 같은 공간에 앉아, 디너 정찬 메뉴 못지않은 요리들을 런치세트로 조금씩 맛볼 수 있습니다. 중요한 건 브라세리 콘셉트임에도 보퀴즈의 레시피를 제대로 구현한 곳이라는 것.

주소 港区六本木7-22-2 国立新美術館 3F

찾아가는 법 지하철 지요다센(千代田線) 노기자카(乃木坂)역과 직결. 또는 오에도센(大江戸線) 롯폰기(六本木)역에서 도보 5분

홈페이지 https://www.hiramatsurestaurant.jp/paulbocuse-musee/

구글 키워드 Brasserie Paul Bocuse Musee

일본인들이 일식만큼 자주 먹는
이탈리안

도쿄의 이탈리아 요리는 이탈리아인도 종종 '오리지널을 능가하는 맛'이라고 치켜세울 만큼 그 맛이 뛰어납니다. 이른 문호 개방으로 일찍부터 서구의 음식을 먹어온 일본인들에게 토마토, 바질, 치즈, 올리브오일 등은 익숙한 재료였고, 해산물과 야채 역시 평소 자주 먹는 재료들이어서 이탈리아 요리에 대한 문턱이 낮았습니다. 또한 사면이 바다로 둘러싸여 있는 일본은 이탈리아 요리에 들어가는 해산물을 사시사철 최상의 상태로 구할 수 있는 환경입니다. 이런 이유들로 이탈리아 음식은 일본에 보다 빠르게 확산되고 발전할 수 있었습니다.

일본 최초의 이탈리안 식당 이타리아켄은 1881년 니가타에 문을 열었고, 1960년대에는 이탈리아 음식이 본격

적으로 대중에게 알려지며 전국 각지에 이탈리안 식당들이 속속 문을 열었습니다. 이 시기에 도쿄에 문을 연 식당 중에는 롯폰기의 '안토니오(アントニオ, 1944~)', '칸티(キャンティ, 1960~)' 등 여전히 건재하는 곳도 많습니다. 1980년대에는 평범한 한 끼로서의 이탈리아 음식, 즉 이타메시 붐이 일면서 각양각색의 이탈리안 식당이 등장했습니다. 고급 식당(리스토란테)뿐만 아니라 작은 식당(트라토리아), 선술집(오스테리아), 바 등 다양한 형태의 식당에서 이탈리아 음식을 팔면서, 그 저변은 급격히 확대되었습니다.

　도쿄의 이탈리안 식당들은 여전히 상승세에 있습니다. 사르데냐, 베네토, 시칠리아, 나폴리, 토스카나 등의 향토 요리는 물론, 와쇼쿠에 이탈리안을 접목하여 와쇼쿠 식기에 담아내는 '가이세키 이탈리안(懷石イタリアン)', 젓가락으로 먹는 '와이(和伊, 일본+이탈리아) 이탈리안' 등 더욱더 다양해진 이탈리아 요리를 도쿄 어디에서든 만날 수 있습니다. 작고 이름 없는 어떤 이탈리안 식당에서 자신의 입맛에 꼭 맞는 이탈리아 요리를 만나는 소소한 횡재를 하게 될지도 모릅니다.

By92 추천

도쿄 이탈리안

맛집

안토니오

Antonio's

이탈리안 리스토란테 안토니오(アントニオ, Antonio's)는 문을 연 이래 반세기가 넘도록 사랑 받아온 노포입니다. 1944년 롯폰기에서 문을 열었는데, 현재는 미나미아오야마(1985~)에 있습니다. 오래도록 인기를 누리는 비결은 초창기 레시피 그대로 장시간 공들여 만드는 이탈리아 정통 요리를 고수하는 데에 있습니다.

도쿄의 미식가뿐 아니라 세계적인 명사와 유럽의 왕족들도 다녀간 이곳의 요리는 맛도 플레이팅도 고전적입니다. 매일 새벽 5~6시간을 끓여서 농후한 맛을 낸다는 '미네스트로네(ミネストローネ)'를 먹어 보면 그 맛의 깊이를 짐작할 수 있습니다. 두툼한 도우의 시칠리아풍 피자인 '안토니오 스페셜(ピッツァ アントニオスペシャル)'은 한 입 베어 무는 순간 안초비 소스와 치즈의 절묘한 하모니가 입안 가득 차오릅니다. 시간과 정성을 들여 만드는 만큼 라비올리, 오소부코, 라자냐, 카르보나라 등 모든 메뉴가 슬로푸드인 셈입니다. 도쿄의 미식가들을 불러 모으는 이 노포의 창업자는 이탈리아인 안토니오 칸체미. 현재는 2대째인 자코모 칸체미와 3대째인 테레사 칸체미가 공동 운영하고 있습니다. 초창기 이곳을 찾았던 손님들도 그들의 후손과 함께 찾아오니, 주인과 손님이 함께 세대를 이어가는 곳이라 할 수 있습니다.

주소　港区南青山7-3-6 南青山HYビル 1F
찾아가는 법　지하철 긴자센(銀座線) 오모테산도(表参道)역 A5 출구에서 도보 9분. 또는 히비야센(日比谷線) 히로오(広尾)역 3번 출구에서 도보 12분. 또는 지요다센(千代田線) 노기자카(乃木坂)역 5번 출구에서 도보 17분
홈페이지　http://antonio-minamiaoyama.spiral-place.com/
구글 키워드　Antonio Minamiaoyama

캰티

Chianti

캰티(Chianti, キャンティ)는 1964년 도쿄 올림픽을 앞두고 도쿄의 외식 문화가 한창 재정비되던 1960년 문을 연 살롱 스타일의 이탈리아 식당입니다. 한 시대를 풍미한 노포지만, 여전히 혼자 가볍게 들르는 손님도 많은 아늑한 공간입니다. 1층 카페와 지하 1층 레스토랑 모두 오픈 당시의 모습 그대로. 영화 속에서나 보았을 듯한 클래식한 식탁보와 접시·의자·벽면 등과 마주하는 순간 시간 여행에 빠지게 됩니다. 창업 초창기에는 정·재계의 내로라하는 인사들, 톱배우들, 영화계 거장 구로사와 아키라(黑澤明) 감독 등 유명인이 드나들면서 유명세를 누렸습니다. 이제는 고인이 된 패션계의 거장 이브 생 로랑(Yves Saint Laurent)도 도쿄에 들를 때면 반드시 이곳을 찾았다고 할 만큼 캰티는 당대 최고의 핫플레이스였습니다.

60년 내공의 노포답게 캰티는 언제나 안정적이고 깊은 맛을 냅니다. 대표 메뉴는 오소부코(송아지 고기 스튜)와 그릴 요리, 파스타. 다양한 메뉴를 골고루 맛보고 싶으면 디너 풀코스가 제격입니다. 런치 코스로도 이 집 시그니처 메뉴를 조금씩 맛볼 수 있습니다. 특히 커틀릿과 바질리코를 한 접시에 담아내는 'VERDE'를 추천합니다. 좀 더 가볍게 먹고 싶다면 카페 런치세트도 괜찮습니다. '오늘의 파스타' 메뉴 중 하나를 고르면 빵, 디저트, 커피와 함께 제공됩니다.

주소　港区麻布台3-1-7
찾아가는 법　지하철 히비야센(日比谷線) 가미야초(神谷町)역 2번 출구에서 도보 10분. 또는 난보쿠센(南北線) 롯폰기잇초메(六本木一丁目)역 2번 출구에서 도보 10분
홈페이지　http://www.chianti-1960.com/store/iikura.html
구글 키워드　chianti katamachi

오감을 만족시키는 다채로운
맛의 향연, **차이니스**

최근 일본 총무성 데이터(경제 컨센서스)에 따르면, '도쿄 사람들이 좋아하는 요리' 1위는 와쇼쿠, 그다음은 이탈리안, 중식, 프렌치 순이라고 합니다. 그런데 식당 수로만 본다면 3만 곳이 넘는 도쿄의 식당 중 약 3할을 중식당이 차지합니다. 일상 가까이에서 가장 편안하게 즐길 수 있는 외국 요리는 동네 중식당의 중화 요리라는 뜻입니다.

일본의 중화 요리는 에도 시대에 나가사키(長崎), 고베, 요코하마 등의 차이나타운에서 처음 등장했습니다. 청나라 말기 요코하마에 온 중국인 대부분이 광둥 출신이었는데, 해산물을 많이 쓰고, 강한 양념을 쓰기보다는 재료의 맛을 살리는 광둥 요리가 일본인의 입맛에 맞아 오랫동안 인기를 끌었습니다. 이후 1950~60년대에는 천젠민이 주도한 쓰촨 요리

가 세를 확장해 나갔습니다. 1980년대는 중국 내 정변의 영향을 피해 상하이 요리 셰프가 대거 건너와 상하이 요리가 득세했던 시기입니다. 최근에는 중국 소수민족의 요리, 즉 변방의 향토 요리들이 '도쿄 차이니즈' 대열에 합류했습니다. 이 요리들은 '매니악 추카(マニアック中華, Maniac 중화)'라고 불리며 지금도 세를 늘려 나가고 있습니다.

현재 일본 중화 요리 시장은 남방계(광둥) 요리와 서방계(쓰촨) 요리가 대세지만, 북방계(베이징) 요리, 동방계(상하이) 요리도 고루 포진되어 있고, 중국 본토의 8대 요리(산둥, 장쑤, 저장, 안후이, 푸젠, 광둥, 후난, 쓰촨) 중 일부와 소수민족의 향토 요리가 가세 중이라고 할 수 있습니다. 중식당은 분위기나 가격에 따라, 마치추카(町中華, 편안한 가격대의 동네 중식당), 이보다 정돈된 메뉴와 공간을 지닌 도심의 중식 레스토랑, 고급 중화 요리 전문점 등으로 구분됩니다.

마치추카의 대표 메뉴에는 마파두부, 교자(우리로 치면 만두), 차항(炒飯, 중식 볶음밥) 등이 있습니다. 특이한 것은 마치추카에서 카츠동, 오야코동, 오므라이스, 카레라이스 등의 와쇼쿠를 팔기도 한다는 점입니다. 도쿄의 중화 요리는 대부분 도쿄인의 입맛에 맞게 현지화되었지만, 화교가 음식을 만드는 식당이 대부분이라 중국 본토의 맛을 기본으로 하여 우리에게도 익숙한 맛이 납니다. 그러나 우리가 아는 중화 요리와 재료나 양념, 조리법이 완전히 다른 요리들도 많습니다. 일본인 입맛에 맞게 진화를 거듭하다 아예 와쇼쿠로 정착한 중화 요리들도 많기 때문입니다. 중국에서 처음 들어왔지만 일본인들 사이에서 의심할 여지 없는 와쇼쿠로 통하는 '라멘' 이 가장 대표적인 예입니다. 어찌 되었든 도쿄의 중화 요리는 그 어느 도시의 중화 요리보다 독보적인 맛으로 인기를 끌고 있습니다.

By92 추천

도쿄 차이니스

맛집

밍밍

珉珉

편안한 가격대의 동네 중식당을 뜻하는 마치추카는 차항, 교자, 덴신항(天津飯, 게살을 듬뿍 넣은 야채와 달걀볶음 위에 걸쭉한 소스를 끼얹은 일본 독자적인 요리), 마파가지(麻婆茄子), 호이코로(回鍋肉, 회과육. 양배추·돈육 등의 춘장 볶음), 야키소바 등 주로 일본에서 고안된 중국 요리를 팝니다. 이처럼 도쿄 사람들이 평소 가장 즐겨 찾고 가장 좋아하는 중식 메뉴를 모아 놓은 마치추카는 잘만 골라 들어가면 저렴한 가격대에 푸짐한 한 끼를 먹을 수 있는 보배로운 곳입니다.

1965년 문을 연 밍밍(みんみん, 珉珉)은 메뉴로 보나 소박한 분위기로 보나 영락없는 마치추카. 하지만 명성이 자자한 노포이다 보니 동네 사람뿐 아니라 멀리서도 손님이 찾아옵니다. 대표 메뉴는 '드레곤차항(ドラゴン炒飯, 드레곤 중화 볶음밥)'과 교자입니다. 어느 마치추카에나 있는 평범한 메뉴지만, 다른 가게보다 크기도 크고 맛도 훌륭합니다. 바싹 구워내 갈색빛이 도는 야키교자는 간장 대신 특제 식초(스고쇼, 酢コショウ)와 함께 나오는데, 식초에 후추만 듬뿍 뿌렸을 뿐인 이 식초가 만두 맛을 확 끌어 올려줍니다. 부추와 마늘을 불맛 나게 볶아낸 차항의 맛도 아주 좋습니다. 니쿠미소(肉味噌, 다진 고기를 미소로 볶아낸 소스)를 끼얹은 '미소교자(ミソギョウザ)'와 차항을 함께 먹기도 하는데, 교자에 토핑된 니쿠미소를 차항에 얹어 먹는 것이 이 집에서 권하는 방식입니다. 구수한 니쿠미소의 맛과 마늘 향과 불맛이 제대로 밴 차항의 맛, 입안에서 농후한 육즙이 터지는 교자의 맛을 번갈아 즐기다 보면 금세 접시의 바닥이 드러납니다. 한 유명 여배우가 여러 번 반복해서 주문하여 더욱 유명해졌다는 '가지카레(なすカレー)'도 꼭 맛보아야 할 이 집의 명물.

주소 港区赤坂8-7-4
찾아가는 법 지하철 지요다센(千代田線) 노기자카(乃木坂)역에서 도보 8분. 또는 지하철 긴자센(銀座線)이나 한조몬센(半蔵門線) 아오야마잇초메(青山一丁目)역에서 도보 10분
구글 키워드 35.67076, 139.72969

후밍

ふーみん

　　　　　　　　　　　1971년 창업한 대만 가정식 전문 중식당입니다.
폭이 넓은 원목 마루와 벽에 나란히 걸린 두 점의 대형 부조 작품에서 알 수
있듯, 마치추카보다 정돈된 느낌이 나고 소소하게나마 멋도 좀 부린 식당입
니다. 하지만 이 집의 제일 큰 강점은 다양하고 맛있는 요리들을 합리적인 가
격대에 맛볼 수 있다는 것입니다.

　　　후밍의 명물인 '네기완탕(ねぎワンタン)', 낫토를 못 먹는 사람도 게 눈 감
추듯 먹어 치우는 '낫토차항(納豆チャーハン, 낫토볶음밥)', 맛살이 아닌 진짜 게
살을 듬뿍 넣어 주는 '가니차항(かにチャーハン, 게살볶음밥)'이 킬러 메뉴들입니
다. 특히 네기완탕은 삶은 만두 위에 대파의 흰 부분만을 가늘게 채 썰어 가득
올린 다음 간장 베이스의 특제 소스와 기름을 휘리릭 둘러 내주는데, 이 특제
소스와 대파가 만나 기막힌 향을 내며 식욕을 자극합니다. 런치 한정 메뉴 중
'돼지고기 우메보시 찜 정식(豚肉の梅干煮定)'은 서둘러 가지 않으면 품절되어
맛보기 힘든 스테디셀러입니다.

　　　참고로 후밍이라는 가게 이름은 이 집 여주인인 사이 후우미(斉風瑞)의
애칭. 도쿄에서 태어나 도쿄에서 자랐지만 양친이 모두 대만 사람이라 대만
요리에 정통합니다. 낫토차항, 돼지고기 우메보시 찜, 네기완탕 등은 모두 그
녀가 최초로 고안한 메뉴. 그녀는 이 인기 메뉴들의 레시피들을 1990년 즈
음 저서 〈후밍 씨의 독창적 중화(ふーみんさんの独創的中華)〉에서 세세한 디테일
까지 모조리 공개했습니다. 비교적 접근성도 좋고 독특하고 맛있는 요리들로
가득한 식당이니 시내를 돌아다니다가 한 번쯤 들러볼 만한 식당입니다. 디
너는 예약을 하는 편이 안전합니다.

주소　港区南青山5-7-17 小原流会館 B1
찾아가는 법　지하철 긴자센(銀座線)이나 지요다센(千代田線)이나
　　　　　　　한조몬센(半蔵門線) 오모테산도(表参道)역 B3 출구
　　　　　　　또는 B1 출구에서 도보 5분(B3 출구는 에스컬레이터
　　　　　　　이용 가능)
홈페이지　https://www.facebook.com/fumin.minamiaoyama
구글 키워드　fumin

후레이카

富麗華

　　조금 화려한 분위기에서 '도쿄 차이니스'의 진수를 맛볼 수 있는 중식당으로 '후레이카'를 꼽을 수 있습니다. 미쉐린 가이드에 선정된 이후로는 여행자들도 많이 찾는 식당이 되었지만, 근처 주민들의 주말 외식처로, 직장인이나 연인들이 특별한 날 찾는 중식 명가로 꽤 오래도록 사랑 받아온 곳입니다. 재료의 맛을 최대한 살리는 상하이 요리와 광둥 요리가 결합된 중식을 맛볼 수 있습니다.

　　이곳은 맛도 맛이지만, 이호(二胡, 중국의 줄이 2개인 찰현 악기)와 고금이 연주되는 그윽한 분위기와 예의 극진한 오모테나시로, 맛과 분위기를 따지는 도쿄의 미식가들의 마음을 사로잡습니다. 대표 메뉴들을 조금씩 맛볼 수 있는, 비교적 저렴한 가격대의 런치세트도 있어, 언제나 예약이 꽉 차 있는 인기 맛집입니다. 런치 메뉴 중에는 정성스러운 전채와 고기 맛 그득한 야키교자가 함께 나오는 '소바코스(そばコース)'와 '페킹덕 코스(北京ダックコース)', 알찬 '딤섬 코스(飲茶コース)'가 인기 메뉴입니다. 디너 코스는 런치보다 가격이 훨씬 비싸지만, 근사한 분위기에서 도쿄 차이니스를 즐기기로 결정했다면 최상의 선택이 될 것입니다.

　　'아자부주반 노료 마츠리(麻布十番納涼祭り, 매년 8월 중순 3일간 열리는 아자부주반상점가의 전통 축제)' 기간에 후레이카를 방문하면, 상점가에 쭉 늘어선 야타이에서 아자부 일대 식당들이 평소보다 훨씬 저렴한 가격으로 내놓는 맛난 요리들도 만끽할 수 있습니다. 여기에는 물론 후레이카도 참여합니다. 아자부 일대가 맛집이 밀집한 지역인 만큼 이때 야타이만 한 바퀴 돌아도 꽤 괜찮은 미식 투어가 됩니다. 덤으로 밤에는 300년 전통 상점가의 대규모 불꽃놀이도 구경할 수 있습니다.

주소　港区東麻布3-7-5
찾아가는 법　지하철 난보쿠센(南北線) 아자부주반(麻布十番) 역 3번 출구에서 도보 3분, 또는 오에도센(大江戸線) 아자부주반역 6번 출구에서 도보 10분.
홈페이지　http://www.chuugokuhanten.com/store/fureika.html
구글 키워드　후레이카

익숙한 듯 낯선
이국의 맛, **에스닉 요리**

에스닉 푸드(Ethnic Food)는 '민족 요리'라는 뜻으로 베트남, 태국, 인도네시아 등 동남아시아와 아프리카, 중동, 중남미 요리를 아우르는 개념입니다. 도쿄의 첫 에스닉 푸드 식당은 긴자의 인도 요리점인 나이루레스토랑(ナイルレストラン, 1949~)이었습니다. 1964년에는 해외 여행 자유화 조치로 일반인도 쉽게 해외에 나갈 수 있게 되었고, 해외에서 음식 견문을 넓히고 돌아온 이들이 도시 외곽에 작은 식당들을 열기 시작했습니다. 타진(Tajine, 북아프리카식 스튜)을 파는 모로코 요리 식당, 포(Pho, 베트남 쌀국수)를 파는 베트남 요리 식당 등이 드문드문 생겨난 것도 바로 이때입니다.

도쿄에 진정한 에스닉 푸드 바람이 불기 시작한 것은 뉴욕, 파리 등에서 에스닉 푸드가 각광받기 시작한 1980년대

즈음입니다. 이때 '도쿄 에스닉'도 탄력을 받아, 이전보다 메뉴가 세분화되고 규모도 커진 에스닉 전문 식당이 문을 열기 시작했습니다. 지중해 요리, 레바논 요리, 아프리카 요리 등 다양한 에스닉 푸드 식당이 생겨났지만, 가장 빠르게 세를 넓힌 것은 '아지아메시(アジア飯)'였습니다. 아지아메시는 '아시아'의 일어 발음인 '아지아'와 '밥'을 뜻하는 '메시(めし, 飯)'를 합친 말로 인도, 태국, 베트남 등 아시아 요리를 가리키는 말입니다. 일본 요리에 없는 매운맛을 내고, 건강에 좋은 각종 향신료와 야채가 많이 들어가는 아지아메시는 웰빙 푸드로 알려지며 큰 인기를 누렸습니다. 아지아메시라는 말을 처음 사용한 생활사 연구가 아코 마리(阿古真里)의 분석에 따르면, 매운맛에 서툰 일본인이 에스닉 푸드에 빠르게 적응할 수 있었던 것은, 일찍이 카레라이스로 매운맛을 익혔기 때문이라고 합니다.

아지아메시, 중동 요리, 아프리카 요리, 지중해 요리 등 도쿄 에스닉 푸드의 세계는 의외로 깊고 넓습니다. 도쿄에서 미식을 찾는다면, 오늘날 도쿄 사람들의 식탁에서 꽤 지분을 차지하고 있는 도쿄 에스닉 푸드도 꼭 시도해야 할 음식입니다.

By92 추천

도쿄 에스닉 요리

맛집

키친

キッチン, KITCHEN

키친은 규모는 매우 작지만 아자부(麻布) 일대의 베트남 요리 애호가들 사이에서는 꽤 이름난 식당입니다. 스즈키 마스미(鈴木珠美) 셰프는 수년간 베트남에 살면서 베테랑 요리사에게 요리를 배우고, 오랜 준비 끝에 2002년 가게를 열었습니다. 기본적으로 베트남 현지 밥집(Com)의 메뉴를 지닌 식당입니다. 이 집 요리는 북베트남과 남베트남의 정통 요리들을 스즈키만의 필터로 한 차례 걸러낸 요리라고 할 수 있습니다. 여기서 필터란 맛, 향, 식감의 강약 조절입니다. 향신료의 강렬한 향미를 풍성한 허브와 야채로 융화시키면서도 정통 요리 고유의 맛을 적절히 부각시킨 절묘한 밸런스가 돋보입니다.

뻔할 것 같은 스프링롤(生春卷き)이 유난히 맛있습니다. 흔한 메뉴지만, 레터스, 오이 스틱, 파, 차조기 잎 등 다양한 야채가 두 배로 많이 들어갑니다. 직접 만든 쫄깃한 '반베오(バイン・ベオ, Banh Beo, 쌀가루로 만든 얇은 떡)' 탱탱한 식감을 살려서 삶아낸 새우, 홍차에 삶고 초간장으로 절여내 잡내가 나지 않는 돼지고기 등 재료 하나하나에 정성이 느껴집니다. 모두 스즈키가 손수 만든 것. 어장(魚醬, 느억맘)에 레몬즙을 더해 새콤달콤 매콤짭쪼름한 '느억쩜', 향긋한 유자 향 폰즈에 흰 깨가 들어간 '유자후추 폰즈(柚子胡椒ポン酢)' 등의 소스도 스즈키가 직접 만듭니다.

베트남산 청미(青米, 이르게 수확하여 비취색이 감도는 쌀)로 만든 튀김옷을 입혀 정말 바삭하게 통째로 튀겨낸 새우(海老の青米揚げ), 베트남 도시 후에(Hue)의 향토 요리인 '껌암푸(Com Am Phu)'를 돈부리(덮밥)풍으로 변형시킨 마제마제고항(まぜまぜごはん), 고수 아이스크림&요구르트 소스(パクチーアイスヨーグルトソース) 등도 추천 메뉴.

주소 港区西麻布4-4-12 ニュー西麻布ビル 2F
찾아가는 법 지하철 히비야센(日比谷線) 히로오(広尾)역 3번 출구에서 도보 10분
홈페이지 https://www.instagram.com/kitchen. nishiazabu/
http://www.fc-arr.com/site/kitchen.html
구글 키워드 Vietnamese Kitchen

다르 로와조

ダール・ロワゾー

소란한 도심에서 조금 벗어난 동네인 산겐자야(三軒茶屋)에도 에스닉 푸드 노마드족(에스닉 푸드 맛집을 찾아 다니는 사람들)을 불러들이는 훌륭한 에스닉 요리 식당이 많습니다. 쇼와 향이 물씬 풍기는 에코 나카미세 상점가(エコー仲見世商店街) 내 모로코 요리점, 다르 로와조(ダール・ロワゾー)는 규모는 작지만 수준 높은 모로코 요리와 아프리카 요리로 늘 예약이 꽉 차는 식당입니다.

모로코 전통 램프가 천장에 주렁주렁 매달려 있고, 한쪽 벽 찬장에는 민트티 글라스 등 전통 식기와 초롱이 진열되어 있는데요. 고작 15석뿐이지만, 수십 가지 요리와 그 요리와 잘 맞는 와인을 두루 갖춘 전문 모로코 식당입니다.

시그니처 메뉴를 이상적으로 조합해 놓은 추천 코스(おすすめコースメニュー)도 있습니다. 메뉴판에 별(★)이 표시된 요리 중에서 전채를 고르면, 직접 만든 모로코 빵과 쿠스쿠스, 타진 등이 차례로 나옵니다. 전채 중 추천하는 메뉴는 콜리플라워, 올리브, 당근, 가부(かぶ, 순무), 콩 등을 쿠민, 고수, 허브로 맛을 낸 모로칸 샐러드입니다. 묵직한 메인 디시를 먹기 전 입맛을 돋워 주기에 안성맞춤.

간판 메뉴는 중앙에 달걀을 올려주는 미트볼 타진. 여기에 고추 퓌레인 '아리사(Harissa)'를 곁들여 먹으면 맛이 더욱 좋습니다. '새우 크넬(Quenelle, 고기 완자)&9가지 야채의 타진(エビのクネルと9種類のタジン)'도 인기 메뉴. 으깬 새우로 만든 크넬과 파프리카, 양파, 베이비콘(Young Corn), 청경채 등이 들어가는데, 이를 매콤한 페이스트에 찍어 먹으면 아주 맛납니다.

주소 世田谷区三軒茶屋2-13-17
찾아가는 법 지하철 도큐덴엔토시센(東急田園都市線) 산겐자야(三軒茶屋)역 세타가야도리 쪽 출구(世田谷通り口)에서 도보 2분
홈페이지 https://www.instagram.com/dar_roiseau/
https://twitter.com/DarRoiseau
구글 키워드 Dar Roiseau

시바커리와라

シバカリーワラ

인도의 남부 요리, 북부 요리에 이어 마지막에 도쿄에 들어온 인도 서부 요리 중 두드러지게 인기를 끄는 음식은 '비리야니(Biryani 혹은 Biriani 또는 Beriani)'입니다. 스페인의 파에야나 터키의 필라프(Pilaf)와 비슷해 보이지만, 비리야니는 매콤한 맛이 나며, 만드는 데 손도 많이 가고 시간도 오래 걸립니다. 하지만 그만큼 맛이 깊고, 낯설지만 매혹적인 풍미를 자아냅니다.

비리야니는 다음과 같이 만듭니다. 우선 다진 마늘과 생강, 각종 양념을 기름에 볶아 마살라페이스트(Masala Paste, 커리 등 각종 인도 요리에 쓰이는 혼합 향신료)를 만듭니다. 그리고 기름에 양파를 튀기듯 볶다가 양고기를 더해 한 번 더 볶고, 여기에 마살라페이스트·고수 등의 향신채, 요구르트, 토마토 등을 넣어 오랜 시간에 걸쳐 끓여 줍니다. 소스가 완성되면 그 위에 소금물로 한 차례 데치듯 삶아낸 바스마티라이스(Basmati Rice, 인도 북부 혹은 파키스탄이 산지인 가늘고 길쭉한 쌀)를 얹고, 냄비와 뚜껑 사이를 밀가루 반죽으로 완전히 막아 밀봉해 뜸 들이듯 쪄냅니다.

2013년에 문을 연 인도 커리 전문점 시바커리와라는 비리야니 맛이 좋기로 소문난 맛집입니다. 이 집 비리야니는 목요일, 주 1회 한정으로 판매하는데, 조리 과정에서 알 수 있듯, 요리 하나에 어마어마한 품이 들어가기 때문입니다. 하지만 도쿄에서 손꼽히는 비리야니 맛으로 목요일마다 비리야니 애호가들을 불러 모으고 있습니다. 비리야니와 쌍벽을 이루는 명품 커리도 함께 주문해서 먹어볼 만합니다.

주소　世田谷区太子堂4-28-6 2F
찾아가는 법　지하철 도큐덴엔토시센(東急田園都市線) 산겐자야(三軒茶屋)역에서 도보 3분
홈페이지　http://shivacurrywara.jp/
　　　　　https://www.instagram.com/shivacurrywara/
구글 키워드　shiva curry wara

시카다

シカダ, CICADA

'환지중해(環地中海) 요리'라는 타이틀을 내건 식당 시카다의 시작은 2003년 히로오입니다. 오픈 직후부터 핫플레이스로 자리매김하여 지금까지 꾸준히 인기를 끌고 있는 곳입니다. 도쿄에 수많은 에스닉 푸드가 있다 해도, 여기만큼 다양한 에스닉 요리를 좋은 퀄리티로 근사한 분위기에서 즐길 수 있는 곳은 드뭅니다.

환지중해 요리, 즉 지중해 연안의 모든 요리를 아우릅니다. 튀니지, 모로코 등의 북아프리카 요리, 레바논·터키 등의 중동 요리, 그리스·스페인·이탈리아·프랑스 등 지중해 연안국의 요리를 두루 맛볼 수 있는 귀한 곳. 와인도 역시 이스라엘산, 중동산, 스페인산 등 다양합니다.

시카다 창업 초창기 인기를 끄는 데 톡톡히 공을 세운 메뉴는 '후무스(Hummus)'. 매콤한 맛의 '프로슈토&허브 칼라마리 로스트(プロシュートとハーブを詰めたカラマリのロースト)'와 '모로코풍 스파이시 크랩케이크(モロッコ風スパイシークラブケーキ, 게살·양파 등을 반죽해 빵가루를 묻혀 튀긴 것)'는 술을 부르는 요리라며 주당들에게 특히 사랑 받는 메뉴입니다. '로즈메리 도미구이(真鯛のローズマリーロースト), 누린내가 전혀 없는 '송아지고기 구이(仔羊のグリル)', 겉은 바삭하고 속은 촉촉하게 구워낸 관자를 올린 '버섯크림리소토(ホタテのローストと舞茸のクリームリゾット)', '브라바(Bravas, 스페인 북부 해안)풍 스파이시 포테이토(ブラバ風スパイシーポテト)' 등도 인기 메뉴.

'해산물 타진(シーフードタジン)', '레몬올리브 치킨 타진(レモンとオリーブのチキンタジン)' 그리고 필필(Pil-pil, ピルピル, 새우 등 해산물을 마늘·페페론티노·올리브오일에 볶아낸 매콤한 바스크 요리)은 그라파(Grappa, 포도 압착 후 찌꺼기를 증류한 독주로 이탈리아에선 주로 식후주로 마심)와 함께 먹으면 더욱 맛납니다.

주소 港区南青山5-7-28
찾아가는 법 지하철 긴자센(銀座線) 오모테산도(表参道)역 B3
출구에서 도보 3분
홈페이지 https://www.tysons.jp/cicada/story/
구글 키워드 시카다

미슈미슈

ミシュミシュ, MISHMISH

긴자역에서 3~4분 정도 떨어진 곳에 위치한 미슈미슈는 2014년 오픈한 후발 주자이지만, 도쿄의 오래된 중동 요리 식당들을 제치고 큰 인기를 끌고 있는 집입니다. 디너만 운영하는데 늘 금방 만석이 되니 예약은 필수. 오너 셰프 구사노 사토루(草野サトル)는 장기간 현지에 머물며 맛본 가정 요리들을, 솜씨 좋은 현지 사람들을 찾아 다니며 배웠다고 합니다. 시그니처 레바논 요리 5~7가지가 포함된 '음료 무제한 코스'는 3시간 동안 몇몇 음료를 양껏 곁들일 수 있어, 따로 원하는 음료가 있지 않다면 아주 경제적입니다. 셰프는 중동산 와인과의 페어링도 권합니다.

셰프 추천은 '샤토 크사라 리저브 뒤 쿠방(Chateau KSARA RESERVE DU COUVENT)'. 레바논의 노포 와이너리 '샤토 크사라(Chateau KSARA)'의 베스트셀러로, 레바논 요리와 상성이 아주 좋습니다. 레바논이 프랑스령일 때 와이너리가 많이 생기기도 했지만, 실은 레바논은 와인의 발상지입니다. 수천 년 역사에서 비롯된 고품질 와인이 많은 이유입니다. 레바논 여행 중 현지 요리에 심취해 직업을 아예 바꾼 주인장은, 중동 요리에 대한 사랑만큼이나 중동산 와인에 대한 조예도 예사롭지 않습니다. 그가 말하는 이런저런 중동 와인에 관한 이야기를 들으며 미식을 즐길 수 있는 것도 미슈미슈의 매력 중 하나.

주소 　中央区銀座6-3-15 長谷第2ビル 2F
찾아가는 법 　JR 신바시(新橋)역 긴자 방면 출구(銀座口)에서 도보 8분. 또는 유라쿠초(有楽町)역에서 도보 8분. 또는 지하철 긴자센(銀座線) 긴자(銀座)역 C2 출구에서 도보 5분. 또는 히비야센(日比谷線) 히비야역에서 도보 6분
홈페이지 　http://www.mishmish-tokyo.com/
구글 키워드 　MishMish tokyo

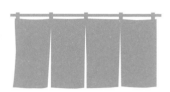

part 9

섬세함에서 만나는
가장 달콤한 위로

케이크의 영원한 고전, 쇼트케이크

층층이 쌓아올린 부드러움, 밀크레이프

가을을 담은 디저트, 몽블랑

글라스를 수놓은 다채로움, 파르페

손끝에서 탄생하는 도쿄의 꽃, 화과자

케이크의 영원한 고전,
쇼트케이크

쇼트케이크는 '딸기(혹은 다른 과일)+생크림+제누아즈'라는 심플한 조합의 케이크로, 일본인에게 오래도록 사랑 받아온 케이크의 고전입니다. 일본인이라면 인생에서 가장 많이 먹어왔을 케이크이기도 합니다. 100여 년 전 후지야(FUJIYA)에서 최초로 출시한 이후, 가정에서도 쉽게 만들어 먹을 수 있는 레시피가 보급되며 '제 1호 홈메이드 케이크'로 자리 잡았던 것이 쇼트케이크. 이후 학교 급식의 후식, 생일상의 단골 케이크로서 오랜 세월 '국민 케이크'의 자리를 지켜왔습니다. 편의점이나 동네 슈퍼마켓에서도 만날 수 있는 흔한 케이크지만 도쿄에는 각자 고유의 비법으로 유일무이한 맛을 내는 쇼트케이크집이 무척 많습니다. 클래식한 맛을 고수하는 노포가 있는가 하면, 계절마다 제철 과일을 조합한다거나 생크림에 미묘한 변주를 주어 새로움을 더하는 곳도 있습니다.

딸기 쇼트케이크(딸기 생크림 케이크)의 탄생 비화가 재미납니다. 한 문헌에 따르면 일본의 쇼트케이크는 후지야의 창업자 후지이 린에몬(藤井林右衛門)이 영국과 미국의 '스트로베리 쇼트케이크'를 변주한 것입니다. 스펀지 케이크에 딸기와 휘핑크림을 바르는 일본식 방법은 바삭한 쇼트브레드 두 장 사이에 크림과 딸기를 넣는 영·미식 방법과는 전혀 다릅니다. 비스킷 반죽을 기본 재료로 하는 영국과 미국의 방식이 일본산 유제품의 맛에 적합하지 않았기 때문입니다. 당시 다소 묵직했던 일본산 크림 맛을 중화하기 위해 상큼한 딸기와 생크림의 비율을 높였고, 일본인 입맛에 친숙한 카스텔라와 유사한 제누아즈(스펀지 케이크)를 선택하여 지금의 쇼트케이크가 되었습니다.

일본에선 딸기 쇼트케이크, 멜론 쇼트케이크, 복숭아 쇼트케이크 등 과일을 사용한 모든 쇼트케이크를 '쇼트케이크'라고 부르지만, 보통 쇼트케이크라고 말하면 딸기 쇼트케이크를 지칭할 때가 많습니다.

By92 추천

도쿄 쇼트케이크

맛집

코론반

コロンバン

노포 케이크 전문점 코론반(1924~)은 프랑스의 프레지에(Fraisier, 딸기·크렘 무슬린 등으로 조합된 케이크)를 토대로 일본풍 쇼트케이크를 만들었습니다. 일본 최초의 프랑스 과자점 코론반은 창업 당시부터 지금까지 궁내청에 납품을 해올 만큼 알아주는 명가입니다. 창업자인 가도쿠라 구니테루(門倉国照, 1893~1981)는 1921년 콜롱뱅(Colombin) 등 파리의 파티세리(프랑스풍과 벨기에풍의 과자점)에서 제과 기술을 배워온 일본의 프랑스 과자 유학 1세대이기도 합니다. 그런 그가 귀국 직후 고안하여 개업 첫날 내놓은 것이 바로 딸기 쇼트케이크. 약 100년 동안 궁내청에 납품해온 '원조 쇼트케이크(元祖ショートケーキ)'의 맛은 원조라고 자부할 만큼 출중합니다.

밀가루와 신선한 우유, 고소한 달걀 맛을 응축시킨 촉촉한 제누아즈에 짙은 풍미의 마다가스카르산 바닐라 향과 생크림, 새콤달콤한 딸기가 더해진 쇼트케이크는 노포의 위용이 가득한 전통의 맛입니다. 제누아즈 3장 모두 두툼해서, 생크림보다 제누아즈 비중이 높은 쇼트케이크를 선호하면 더욱 반가운 곳. 쇼트케이크 외에도 자라메토(ザラメ糖, 굵은 설탕) 풍미의 생지에 가볍고 감미로운 생크림을 듬뿍 넣은 '하라주쿠롤(原宿ロール)', 딸기를 보석처럼 가둬둔 부드러운 바바루아(Bavarois)를 제누아즈 위에 올린 '바바루아에리트(ババロアエリート)' 등이 스테디셀러 메뉴입니다.

| 게이오 신주쿠 살롱점(ルノワール新橋汐留口駅前店) |

주소　新宿区西新宿1-1-4 京王百貨店新宿店 8F
찾아가는 법　JR 신주쿠(新宿)역 서쪽 출구 또는 중앙 서쪽 출구에서 연결되는 게이오 백화점 8층에 위치
홈페이지　https://www.colombin.co.jp/
구글 키워드　colombin shinjuku

긴자우에스토

銀座ウエスト

도심의 노포, 긴자우에스토 긴자혼텐(銀座west銀座本店, 1947~)에는 아주 클래식한 일본풍 쇼트케이크가 있습니다. 2장의 제누아즈 사이에 마치 샌드위치처럼 생크림과 딸기를 넣은 맨 위에 한 차례 더 얇게 생크림을 바른 뒤 딸기를 얹은 이 집 쇼트케이크는, 창업 초기의 디자인과 레시피를 그대로 유지하고 있습니다.

고소한 달걀 풍미를 한껏 살린 쫀쫀한 텍스처의 제누아즈가 카스텔라만큼 존재감 있고, 생크림은 너무 달지 않아 좋습니다. 여기에 단맛과 산미의 밸런스가 완벽한 딸기와 조화되어 화려하지는 않지만 기품 넘치는 맛이 납니다. 높은 연령층의 손님이 눈에 많이 띄는 이유도 이곳 쇼트케이크가 너무 달지 않아서일 수 있습니다. 쇼트케이크 본연의 맛을 살린 노포의 맛을 음미하려는 젊은 손님도 많습니다. 오리지널 쇼트케이크를 맛보기 위해 꼭 방문해야 할 곳입니다.

주소 中央区銀座7-3-6
찾아가는 법 지하철 히비야센(日比谷線), 긴자센(銀座線), 마루노우치센(丸の内線) 긴자(銀座)역 C2 출구에서 도보 5분. 또는 JR 유라쿠초(有楽町)역에서 도보 10분
홈페이지 https://twitter.com/ginzawest
구글 키워드 웨스트 긴자본점 tokyo

긴자센비키야

銀座千疋屋

노포 센비키야(千疋屋)의 쇼트케이크는 딸기가 주인공입니다. 두툼한 제누아즈 2장을 사용하는 고전적인 방식이지만, 큼지막한 딸기를 통째로 넣은 호기로운 비주얼은 센비키야만의 고유한 스타일. 굵직한 딸기를 둘러싼 생크림과 이를 감싼 제누아즈의 크기가 다른 케이크집보다 배로 풍성한 것도 특징입니다.

센비키야는 원래 과일 전문 수입 판매사인데, 1834년 창업한 니혼바시 총본점(千疋屋総本店)이 모태이고 교바시센비키야(京橋千疋屋, 1881~)와 긴자센비키야(銀座千疋屋, 1894~)는 중간에 본사로부터 '노렝와케'를 하여 분가한 회사입니다. 세 곳 모두 과일 가게를 겸한 깃사텐인 프루츠파라(フルーツパーラー, Fruit Parlour)를 산하에 두고 있는데, 여기에 과일을 주재료로 한 모든 메뉴가 있습니다. 케이크, 파르페, 프루츠샌드위치, 프루츠젤리, 과일을 듬뿍 토핑한 디저트도 있고, 온갖 과일을 양껏 즐길 수 있는 프루츠바이킹(フルーツバイキング, 과일 뷔페)도 운영합니다. 식사 메뉴(모닝세트와 런치세트)에도 다양한 형태의 과일 디저트가 곁들여집니다. 과일 마니아에게는 천국이라고 할 수 있는 곳. 참고로, 모든 센비키야 매장에 쇼트케이크가 있지만, 딸기를 통째로 넣은 쇼트케이크는 긴자센비키야 프루츠파라에만 있습니다.

주소 中央区銀座5-5-1 B1F, 2F
찾아가는 법 지하철 히비야센(日比谷線), 긴자센(銀座線), 마루노우치센(丸の内線) 긴자(銀座)역 B5 출구 바로 앞. 또는 JR 유라쿠초(有楽町)역에서 도보 5분
홈페이지 https://ginza-sembikiya.jp/#store
구글 키워드 긴자센비키야

층층이 쌓아올린 부드러움,
밀크레이프

밀크레이프(Mille Crepes)는 '천 장(Mille)'
과 '크레프(Crepes)'를 합한 말입니다. 실제로 사용되는 크레
프는 스무 장 안팎이지만 그만큼 많은 크레프가 사용됨을 상
징합니다. 크레프 자체는 프랑스에서 유래했지만, 크레프와
크레프 사이에 생크림 혹은 커스터드 크림, 과일 등을 넣은
우리가 흔히 알고 있는 밀크레이프는 1978년 도쿄의 케이크
카페에서 최초로 만들어졌습니다.

처음 밀크레이프를 고안한 것으로 알려진 곳은 두 곳
으로, 니시아자부(西麻布)의 '루엘 드 데리에르(Ruelle de
Derrier)'와 미나미아자부(南麻布)의 '페이퍼 문(Paper Moon,
수년 전 서울에 들어왔던 Lady M의 전신. 현재는 밀크레이프를 전
문으로 하는 뉴욕 Lady M만 있음)'. 두 집 모두 지금은 사라지

고 없습니다. 페이퍼문은 오스트리아인 시어머니로부터 직접 케이크의 기초를 배운 여주인장 와다 가즈코(和田和子)가, 루엘 드 데리에르는 셰프 세키네 도시나리(関根俊成)가 처음 밀크레이프를 만들었다고 주장합니다. 그런데 세키네에 따르면 그가 1978년 라자냐, 밀푀유, 크레프 등에서 영감을 받아 밀크레이프를 처음 만들었을 당시에는 큰 호응을 얻지 못했으며, 밀크레이프의 지명도를 끌어올린 것은 두 카페가 아닌, 커피 프랜차이즈 도토루라고 합니다.

그의 주장이 아니더라도 도토루가 밀크레이프를 일약 스타덤에 올렸다는 것은 사실입니다. 1996년 루엘 드 데리에르의 허가 및 제휴를 받은 도토루가 밀크레이프를 출시하자 큰 반향을 불러 일으켰고, 이후 밀크레이프는 전국구 케이크가 되었습니다. 도토루의 밀크레이프는 20년이 훌쩍 넘도록 베스트셀러 케이크 자리를 지키고 있습니다. 시간상 밀크레이프 맛집을 찾아가기 힘들거나 급히 당 충전이 필요할 때는 세븐일레븐, 미니스톱, 로손, 훼미리마트 등 가까운 편의점의 밀크레이프를 추천합니다. 도토루 밀크레이프보다는 덜하지만, 충분히 가성비 좋은 대체재입니다.

By92 추천

도쿄 밀크레이프

맛집

카사네오

カサネオ, Casaneo

사실 밀크레이프의 기본 레시피는 아주 간단합니다. 크레프를 여러 장 쌓아 올리고 그 사이사이에 생크림을 바릅니다. 말차, 코코아, 얼그레이 등으로 크림에 변화를 주고, 신선한 과일을 보태기도 합니다. 하지만 빛이 투과할 만큼 얇고 일정한 두께의 크레프를 여러 장 구워내는 일, 생크림을 적절하게 휘핑하는 일, 과일을 하나하나 마리네이드하는 일, 크레이프 위에 캐러멜라이징으로 임팩트를 주는 일, 크림에 커스터드 크림을 믹싱해 풍미를 내는 일 등은 장인의 손에서 가능한 기술입니다. 카사네오는 밀크레이프의 두 창시자 중 세키네 도시나리의 레시피와 감수로 밀크레이프를 만드는 곳입니다. 이곳의 밀크레이프야말로 장인의 기술이 집결된 밀크레이프라고 할 수 있습니다.

이곳 밀크레이프는 커팅된 케이크 단면이 마치 자로 잰 듯 일정한 간격을 두고 있고, 습자지처럼 얇게 구워냈음에도 절묘하게 크레프의 쫄깃한 식감이 살아있습니다. 그 사이사이에 들어간 커스터드 크림과 블렌딩한 생크림의 맛 또한 훌륭합니다. 크레프 꼭대기 표면을 야키고테(焼きごて, 불에 달군 채 음식 표면에 대서 불 자국을 내거나, 살짝 태울 때 쓰는 쇠로 만든 조리용 인두)로 캐러멜라이징해 만든 쌉싸래한 맛이 달콤한 크림과 크레프 맛을 한층 돋워줍니다.

플레인(ミルクレープ), 더블쇼콜라(ミルクレープダブルショコラ), 크림치즈(ミルクレープクリームチーズ) 등 사계절 메뉴 모두 맛이 좋습니다.

단, 온라인과 테이크아웃 전문 매장만 운영하기 때문에 여행자는 호텔 방에 와서야 밀크레이프를 맛볼 수 있습니다.

주소　千代田区丸の内1丁目9-1 東京駅八重洲口側 東京ギフトパレット 1F
찾아가는 법　JR 도쿄(東京)역 야에스(八重洲) 출구에서 바로 연결. 도쿄 기프트 팔레트(東京ギフトパレット) 1층에 위치
홈페이지　https://casaneo.jp/
구글 키워드　casaneo marunouchi

가을을 담은 디저트,
몽블랑

이탈리아 피에몬테주의 가정식 요리 중 밤 페이스트에 차가운 휘핑 생크림을 곁들여 먹던 후식을 1907년 창업한 파리 1구의 카페 안젤리나가 머랭 위에 크림을 올린 버전으로 바꾼 것이 오늘날 몽블랑(Mont-blanc)의 원형입니다.

도쿄 지유가오카(自由が丘)에 1933년 오픈한 케이크집 몽블랑(モンブラン)의 창업주인 사코타 지마오(迫田千万億)는 프랑스 샤모니 여행 중 접한 프랑스 몽블랑을 토대로 일본 버전의 몽블랑을 만들었습니다. 머랭 대신 카스텔라를 사용하고, 밤 크림을 브라운색 대신 일본인에게 친숙한 노란 빛깔(일본 토종 밤의 빛깔이 노랑색)로 바꾸었으며, 테이크아웃이 가능한 형태로 만들었습니다. 사코다는 자신이 고안한 노란

몽블랑의 맛이 널리 알려지길 소망하여 상표 등록을 하지 않았고, 이 덕에 노란 몽블랑은 일본 전국으로 급속하게 확산되었습니다. 1984년 프랑스의 '안젤리나'가 일본 시장에 진출하며 브라운색 몽블랑이 확산되기 전까지 일본의 몽블랑은 이 사코다의 노란색 버전이 대세였습니다.

카스텔라 안을 파낸 뒤, 그 속에 바닐라 크림과 간로니(甘露煮, 일본식 글라세)한 밤 하나를 통째로 넣고, 그 위에 버터크림과 생크림, 노란 밤 크림을, 마지막으로 하얀 머랭을 올려 '밤 크림 아래 하얀 버터크림이 살짝 보이는' 사코다표 몽블랑의 레시피는 지금도 창업 당시 그대로입니다. 바닐라 아이스크림에 마롱 크림과 밤, 생크림을 올린 '아이스 몽블랑(アイスモンブラン)', 커스터드 푸딩에 바닐라아이스, 캐러멜 줄레, 카스텔라, 과일 등을 토핑한 클래식 타입의 '푸링알라모드(プリン·ア·ラ·モード)'도 강력하게 추천하는 메뉴입니다.

| 지유가오카에 있는 일본풍 몽블랑의 발상지, 몽블랑(モンブラン) |

주소 目黒区自由が丘1-25-13 岩立ビル 1F

찾아가는 법 전철 도요코센(東橫線) 북쪽 출구(北口)에서 도보 5분. 또는 메구로센(目黑線) 오쿠사와(奧沢)역에서 도보 9분

홈페이지 https://mont-blanc.jp/

구글 키워드 Mont-Blane 1-25-13

By92 추천

도쿄 몽블랑

맛집

도쿄카이칸

東京會舘

일본식 몽블랑에는 크림에 말차를 섞은 '말차 몽블랑', 코코아를 섞은 '초콜릿 몽블랑', 밤 대신 고구마나 호박을 크림에 사용한 '고구마 몽블랑'과 '호박 몽블랑' 등 다양한 종류가 있지만, 오직 도쿄에만 있는 몽블랑도 있습니다. 마치 만년설로 덮인 봉우리와 같은 모양을 한 '마롱샹테리(マロンシャンテリー)'입니다. 일본식 몽블랑 중 가장 화려한 자태를 지닌 이 마롱샹테리는 눈부실 만큼 새하얀 생크림 안으로 푹 삶아서 체로 곱게 걸러낸 황금빛 밤이 소보로(そぼろ, 국수를 잘게 끊어 놓은 것 같은 모양) 상태로 가득 들어있습니다. 소보로와 생크림이 입안에서 만나 완벽한 맛의 시너지를 이루는 훌륭한 조합입니다.

70년이 넘도록 부동의 인기를 누려온 마롱샹테리가 탄생한 곳은 바로 약 100년 전 국제적인 사교의 장으로 출발했던 도쿄카이칸(東京會舘). 이곳의 초대 제과장이자 일본 양과자 기술의 선구자로 불린 가치메 기요타카(勝目清鷹)가 1950년경 서구의 몽블랑을 보고 일본인의 입맛에 맞게 재탄생시킨 것입니다. 현재의 마롱샹테리는 레시피도 모양도 모두 그가 최초로 고안했던 그 시절의 마롱샹테리 그대로입니다. '진화'가 아닌 '처음 그대로'를 고수하는 이유는, 새로운 맛을 쫓는 유행파 미식가보다는 긴 세월 정평이 난 것을 원하는 정통파 미식가를 배려함이라는데, 스스로 몽블랑 맛에 조예가 깊다고 자부하는 정통파 몽블랑 애호가 중에는 때를 맞춰 이 집을 찾아오는 이가 무척 많습니다. 마롱샹테리는 사계절 상품이지만, 10월에는 일본산 햇밤으로 만든 '프리미엄 마롱샹테리(プレミアム マロンシャンテリー)'를 맛볼 수 있습니다. 제철 밤 맛을 만끽할 수 있는 이 시기에 맞춰 찾아오는 겁니다. 햇밤을 최고급 바닐라빈스가 든 시럽에 장시간 절인 후 곱게 체로 걸러낸 밤 크림에 보드랍기 그지없는 크렘샹티이가 더해지니 맛에 기품이 넘쳐납니다.

마루노우치(丸の内)의 도쿄카이칸 본관 1층 'Sweets & Gifts'에서 몽블랑을 판매하는데, 테이크아웃만 가능해서 앉아서 먹으려면 같은 층 다이닝 롯시니테라스(ロッシニテラス)의 애프터눈티 타임을 이용해야 합니다. 그 외 마롱샹테리를 먹을 수 있는 곳은 긴자 도쿄교통회관(東京交通会館) 15층에 자리한 프렌치 레스토랑 '긴자 스카이라운지(銀座スカイラウンジ)'. 빙글빙글 돌아가는 회전식 스카이라운지여서 디저트 타임을 즐기면서 전망도 두루 즐길 수 있습니다.

| 긴자 스카이라운지(Ginza Sky Lounge) |

주소 千代田区有楽町2-10-1 東京交通会館 15F
찾아가는 법 JR 유라쿠초(有楽町)역에서 도보 1분. 또는 지하철 유라쿠초센(有楽町線) 유라쿠초역 D8 출구에서 도보 1분. 또는 지하철 긴자센(銀座線)이나 히비야센(日比谷線)이나 마루노우치센(丸の内線) 긴자(銀座)역 C9 출구에서 도보 3분
홈페이지 https://www.kaikan.co.jp/branch/skylounge/
구글 키워드 긴자 스카이 라운지

| 도쿄카이칸(東京會館) Sweets & Gifts |

주소 千代田区丸の内3-2-1 東京會舘本館 1F
찾아가는 법 전철 게이요센(京葉線) 도쿄(東京)역 6번 출구에서 도보 3분. 또는 JR 유라쿠초(有楽町)역 국제포럼 쪽 출구(国際フォーラム口)에서 도보 5분
홈페이지 https://www.kaikan.co.jp/restaurant/pastryshop/index.html
구글 키워드 tokyo kaikan sweets&gifts

몽블랑스타일
モンブランスタイル

외관도 내관도 마치 스시야처럼 생긴 몽블랑스타일은 일명 '카운타 데자토(カウンターデザート, 카운터에 앉아 데코·플레이팅 과정 등을 보면서 즐기는 디저트 숍)'입니다. 스시야에서처럼 카운터에 앉아, 마롱 크림의 토핑 등 몽블랑이 완성되어가는 일련의 과정을 바로 눈앞에서 지켜볼 수 있습니다. 일정 시간 휴지(休止, 안정화)를 거친 몽블랑과 달리 방금 막 짜낸 몽블랑 크림은 공기를 한껏 품고 있어, 더없이 부드럽고 식감도 한결 가벼운 것이 특징입니다. 여기에 따뜻한 호지차(ほうじ茶)나 센차(煎茶)를 곁들이는 것이 이 집 스타일. 신선한 밤의 풍미가 짙게 살아있는 갓 만든 몽블랑과 오차를 함께 먹으면 맛이 더할 수 없이 좋습니다.

특히 '몽블랑데세르&엄선 쿠키호지차 세트(モンブランデセル&厳選茎ほうじ茶セット)'에 포함된 '쿠키호지차'는 차의 줄기 부분만을 골라내 고온에서 달인 차로, 달콤한 몽블랑과 완벽하게 조화를 이루는 맛입니다. 일본 유일의 와구리(和栗, 야생 산밤의 개량종으로 알이 크고 풍미가 뛰어난 밤) 전문점인 와구리야(和栗や)가 운영하는 곳으로 자리는 단 7석뿐입니다. 인원수가 많은 경우 방문을 사양한다는 문구가 홈페이지에 적혀 있습니다. 외관이 스시야와 비슷하고, 가게 이름 'Mont Blanc STYLE'을 짙은 밤색 나무판 위에 검은색으로 표기해 놓았기 때문에 놓칠 수 있으니 가게를 찾을 때 주의를 기울여야 합니다.

주소　渋谷区富ヶ谷1-3-3 スズビル 1F
찾아가는 법　오다큐 오다와라센(小田急小田原線) 요요기하치만(代々木八幡)역 남쪽 출구(南口)에서 도보 3분. 또는 지하철 지요다센(千代田線) 요요기공원(代々木公園)역 하치만 쪽 출구(八幡口)에서 도보 3분
홈페이지　https://www.montblancstyle.com/
구글 키워드　Mont Blanc Style

아시에뜨 디제흐 전문점

아시에뜨 디제흐(アシェットデセール, Assiette Dessert)
는 레스토랑 풀코스 마지막 접시에 담긴 디저트를 가리킵니
다. 원래 디저트라는 말에는 '식사를 치운다'는 뜻도 있는데,
테이블 위의 요리들을 다 치우고 난 다음 먹는 후식이라 디
저트라고 부르게 되었다는 설도 있습니다. 그래서 일련의 요
리들을 먹고 난 다음 먹는 디저트를 애프터눈티 타임이나 식
간에 먹는 케이크, 과자 등의 디저트와 구분해야 한다고 말하
기도 합니다. 어찌 되었든 접시에 담은 디저트만을 따로 독립
시켜, 단품 혹은 디저트 코스로 내주는 곳이 바로 아시에뜨
디제흐 전문점입니다.

도쿄가 발상지인 아시에뜨 디제흐 전문점은 크게 두 가지 유형으로 나뉩니다. 데코레이션, 플레이팅, 플랑베(Flambe, 브랜디 등을 끼얹고 불을 붙여 향이 배게 하는 공정) 등과 같은 화려한 퍼포먼스를 바(카운터)에 앉아 감상할 수 있는 7~9석 규모의 일명 '카운타 데자토'와, 왜건을 손님의 테이블 앞으로 가져와 퍼포먼스를 선보이는 규모가 있는 '살롱형'입니다. 공통점은 먹는 즐거움에 보는 즐거움을 더한 '고품격 디저트 공간'이라는 점입니다.

단품을 팔든, 3~6접시로 구성된 디저트 코스를 팔든 접시마다 퍼포먼스를 펼친다는 것은 공통점. 그렇다 보니 다소 가격대가 있는 편입니다. 재미난 점은, 화려한 퍼포먼스를 펼치는 소규모 아시에뜨 디제흐 전문점 중에 오로지 조리 소리와 낮은 음악 소리만이 흐르는 기묘하리만치 적막한 분위기의 곳도 있다는 것. 관객들이 퍼포먼스에만 온전히 집중할 수 있도록 하는 것입니다. 현란한 볼거리가 있고, 셰프가 눈앞에서 만들어 멋지게 플레이팅하는 유일무이한 디저트를 맛볼 수 있다는 점에서 다른 곳과 차별화되는 곳입니다.

By92 추천

도쿄 아시에뜨 디제흐

전문점

긴자 메종 앙리 샤르팡티에

銀座メゾン アンリ・シャルパンティエ

슈제트 그룹(シュゼットグループ, 주식회사 슈제트)은 밀크레이프 명가인 카사네오(Casaneo) 등 여러 브랜드를 거느린 일본의 대표적인 고급 양과자 메이커인데, 긴자에 아시에뜨 디제흐 살롱을 운영하고 있습니다. 긴자 메종 앙리 샤르팡티에가 바로 그곳. 유럽을 방불케 하는 운치 있는 외관과 모던한 실내 분위기로 특히 여성 디저트 애호가들에게 뜨거운 인기를 누리는 이곳은 밸런타인데이나 화이트데이에 예약이 어려운 프리미엄 아시에뜨 디제흐 살롱입니다.

이곳의 역사는 1969년 효고현(兵庫県) 남동부의 소도시 아시야(芦屋)에서 시작되었습니다. 창업자 아리타 나오쿠니(蟻田尚邦)가 아시야 역전에 문을 연 작은 깃사텐, '앙리 샤르팡티에'가 그 시작입니다. 뛰어난 맛으로 이내 입소문을 탄 깃사텐의 디저트는 고베 소고 백화점(SOGO, そごう)으로부터 입점 요청을 받게 되었고, 이를 계기로 케이크와 생과자뿐 아니라 구움 과자까지 아우르며 간사이 지역 최고급 양과자 메이커 대열에 오르게 되었습니다.

'몽블랑 스페르(モンブラン・スフェール, Mont Blanc Sphere)', '파르페 노엘(パルフェ・ノエル)' 등 콜드 디저트도 훌륭합니다만, 아시에뜨 디제흐의 호사를 누리고자 한다면 간판 메뉴인 '크레프 슈제트(クレープ・シュゼット)'를 먹는 것이 정답입니다. 가격대가 높은 편이지만, 긴자의 고품격 공간에서 먹는 퀄리티 높은 가토(Gateau)라는 점을 고려하면 터무니없는 가격은 아닙니다. 얇게 구운 크레프 몇 장을 삼각형으로 접어 오렌지 소스에 졸인 뒤, 브랜디 등을 끼얹고 불을 붙여 향을 입혀서 먹는 크레프 슈제트는 그 현란한 불쇼 덕에 아시에뜨 디제흐에서 단골로 등장하는 메뉴입니다.

주소　中央区銀座2-8-20 ヨネイビル 1F, B1F
찾아가는 법　지하철 유라쿠초센(有楽町線) 긴자잇초메(銀座一丁目)역에서 도보 3분. 또는 지하철 긴자센(銀座線) 교바시(京橋)역에서 도보 6분. 또는 지하철 히비야센(日比谷線) 히가시긴자(東銀座)역에서 도보 6분
홈페이지　http://www.henri-charpentier.com/
구글 키워드　앙리 샤르팡티에

데세르 콩투아르

デセール・コントワール

밭과 작은 골짜기 등 목가적인 풍경이 남아있는 오쿠사와(奥沢)라는 외진 동네에 2010년 4월 문을 연 데세르 콩투아르(Dessert Le Comptoir)는 도쿄는 물론 지방에서도 찾아오는 인기 아시에뜨 디제흐 전문점입니다. '디저트(Dessert)를 카운터(Le Comptoir)에서'라는 가게 이름에 담긴 뜻 그대로 '카운타 데자토(カウンターデザート, Counter Dessert)'를 표방하는 곳. 이곳을 이끄는 이는 일본 최대 양과자 제과 대회인 '재팬 케이크 쇼 피에스몬테(Piece Montee, 공예 과자)'에서 금상을 수상한 실력파 셰프 요시자키 다이스케(吉崎大助)입니다.

요시자키는 세루리앙호텔(セルリアンタワー東急ホテル, 시부야 소재)의 프렌치 레스토랑 구카뇨(クーカーニョ)에서 파티시에로 일할 당시, 자신의 '작품'이 종종 '적시'에 '최적의 상태'로 테이블에 오르지 못한다는 점과 손님의 피드백을 즉시에 받을 수 없다는 점이 늘 유감이었다고 합니다. 최적의 타이밍에 손님에게 음식이 서브되고 손님과 직접 교감할 수 있는 이상적인 형태를 고민한 끝에 생각해낸 것이 카운터 형식의 디저트 레스토랑, 카운타 데자토였습니다. 지금은 흔해졌지만 당시로선 드물었고 그 위상을 높인 주인공이기에 그를 카운타 데자토의 효시로 보는 시각도 있습니다.

그의 카운타 데자토가 처음부터 승승장구했던 건 아닙니다. 외진 곳이어서 개업 초기 손님이 뜸했는데, 지역지에 한 차례 실리고 나서 찾아오기 시작한 손님들이 거의 예외 없이 재방문하면서 예약이 필수인 집으로 바뀌었고, 형식도 코스로 바꾸게 되었습니다. "조금씩 다 맛보고 싶다"는 한 손님의 말이 코스로 바꾼 계기였는데, 이것이 대반향을 얻자 아예 '코스 전문 카운타 데자토'로 전환하게 되었습니다.

풍성한 제철 과일과 다양한 재료를 발군의 센스로 조합하는 디저트들의 구성은 다달이 바뀝니다. 하지만 어떤 메뉴든 '한번 맛보면 반드시 반할 맛'으로 정평이 난 곳입니다. 예약제로 코스만을 운영하고 좌석이 단 6석뿐임에도, 맛을 본 손님의 대다수가 다음 예약을 잡을 만큼 호응이 크다 보니 현재

신규 고객 예약은 중단한 상황입니다. 재방문 이력이 있는 고객의 예약만 받고, 신규 고객은 단골의 소개로만 예약이 가능한 방식으로 운영되고 있습니다. 그러나 드물지만 자리가 비면 입장할 수 있는 경우도 있으니, 열정적인 디저트 마니아라면 실패를 감수하고 무작정 가보는 것도 한 방법입니다.

11월부터 2월까지는 휴점이지만 간혹 파르페와 구운 과자를 조합한 파르페 모임(パフェ숲)을 열기도 합니다. 3~10월에는 3월 사쿠라 코스(桜のコース), 4월 피스타치오 코스(ピスタチオのコース), 6월 체리 코스(チェリーコース) 등 각 달마다 테마가 주어지는데, 가장 인기 있는 메뉴는 8월의 복숭아 코스(桃のコース)입니다. 복숭아의 팔색조 매력을 맛볼 수 있는 이 코스는 특히 디저트 마니아들을 무아지경에 빠뜨리는 메뉴. 복숭아가 신선한 부라타(Burrata)와 프로슈토 크레도(Prosciutto Credo)를 휘감은 '모모 부라타 나마 하무(桃 ブッラータ 生ハム)', 가리비와 게·오리고기 사이에 복숭아를 숨겨둔 '호타테 가니규리(帆立 蟹 胡瓜)', 복숭아와 카시스, 레드와인의 훌륭한 삼중주인 '모모 카시스 아카와인(桃 カシス 赤ワイン)' 등 복숭아를 메인 재료로 한 아시에드 디제흐의 화려한 향연이 펼쳐집니다. 코스 전반과 중반에 해산물이나 육류가 들어가서 요리와 디저트의 경계를 넘나드는, 마치 누벨퀴진을 연상케 하는 플레이트도 있으니, 디저트를 십분 즐기면서도 충분히 한 끼 식사가 되는 구성입니다.

주소　世田谷区深沢5-2-1
찾아가는 법　전철 도큐오이마치센(東急大井町線) 도도로키(等々力)역에서 도보 20분. 또는 시부야(渋谷)역에서 도큐코치버스(東急コーチバス)의 01번(自01)이나 02번(駒澤大学深沢キャンパス前行き) 승차, 후카사와자카시타(深沢坂下) 하차 후 도보 3분
구글 키워드　Dessert Le Comptoir

글라스를 수놓은 다채로움,
파르페

서구에서 유래해 일본에 자리 잡은 디저트 중 가장 시각적으로 화려하고 다채로운 맛을 내는 디저트는 파르페(パフェ)입니다. 프랑스 정통 파르페는 파타봄브(Pate a Bombe, 난황에 끓인 시럽을 부으며 휘핑한 크림)와 크렘샹티이(Crème Chantilly, 휘핑 크림)를 섞고 틀에 부어 얼린 냉과와 생과일, 소스를 접시에 담아낸 음식입니다. 반면 일본식 파르페는 생과일, 생크림, 소스, 콘플레이크, 젤리, 아이스크림, 웨하스, 트윌(Tuile) 등을 긴 유리컵에 켜켜이 쌓아 올린 구성입니다. 푸딩, 티라미수 크림 등 다양한 재료로 무한 변주를 주어, 비주얼이 화려하고 맛이 다채롭다는 점이 프랑스 정통 파르페와 다른 일본 파르페만의 특징입니다.

프랑스 작가 피에르 로티(Pierre Loti, 1850~1923)가 저

서 〈가을의 일본(秋の日本, Sur Japoneries d'autonme)〉에서 '1884년 로쿠메이칸(鹿鳴館, 당시의 영빈관) 무도회에서 파르페 비슷한 것을 먹었다'라고 기술한 것이 문헌상 최초의 기록인데요. 1893년 영빈관의 메뉴에 기재된 '파르페 글라스 FUJIYAMA(グラス FUJIYAMA)'로도 일본의 파르페 역사를 추론할 수 있습니다. 커스터드 크림과 휘핑 크림을 섞어 후지산 형태로 얼린 이 유서 깊은 파르페는 지금도 궁중 만찬의 후식으로 계승되고 있습니다. 파르페가 이처럼 발상지와 큰 시차 없이 일본에 정착하게 된 것은 문호 개방에 따른 국책 때문이었습니다. 1870년 일본 정부가 외교사절 접대용 고급 정찬을 프랑스 요리로 정했는데, 영빈관 프랑스 요리 책임자인 무라카미 미쓰야스(村上光保)가 코스 후식으로 '파르페 글라스 FUJIYAMA'를 올린 것입니다.

파르페는 1900년대 들어 일본식으로 변신하기 시작했습니다. 과일 전문 노포 긴자센비키야(銀座千疋屋)가 1913년 오픈한 일본 최초의 과일 전문 깃사텐 '프루츠파라'에서 출시한 '프루츠 파훼(フルーツパフェ)'가 그 시작. 궁중 요리사 아키야마 도쿠조(秋山德蔵)가 1924년 저술한 〈불란서요리전서(仏蘭西料理全書)〉 '쿠프(Coupe, 프랑스 파르페에 해당)'라는 항목에 파르페의 다양한 배리에이션이 소개되며 일본 파르페의 변신은 가속화되었습니다. 1940년대 후반 일본에 들어온 미국의 선데(Sundae, 아이스크림에 시럽·크림·과일 등을 올려 만든 빙과)도 파르페의 화려한 변신에 영향을 미쳤습니다.

By92 추천

도쿄 파르페

맛집

파티스리 아사코 이와야나기

パティスリィ アサコイワヤナギ,

PÂTISSERIE ASAKO IWAYANAGI

일본에서는 단것을 좋아하는 사람을 '아마토(甘党)'라고 합니다. 또, 디자인, 패션, 아트, 음악, 잡지 등 크리에이티브한 일에 종사하는 사람을 '교카이진(業界人, 업계인)'이라고 부릅니다. 이 두 가지 요소를 모두 지닌 부류, 즉 '아마토 교카이진'이 열광하는 비주얼 최강의 파르페집이 있습니다. 정통파 노포와는 달리 패셔너블한 디자인의 파르페로 전국에 팬을 거느린 '파티스리 아사코 이와야나기'입니다.

하나의 예술 작품과도 같은 파르페를 만드는 이는 20년 가까운 경력의 이와야나기 아사코(岩柳麻子)로, 2005년 무사시코야마(武蔵小山)를 시작으로 여섯 매장(현재 4개 매장)을 운영해온 베테랑 파티시에입니다. 본래 염색 전공자인 이와야나기는 정규 제과 교육을 받은 적이 없습니다. 어린 시절 엄마와 간혹 쿠키를 구우며 익힌 솜씨, 염색 작품 전시에 소소한 디저트들을 손수 꾸려서 내놓았던 경험 등으로 홀로 제과 기술을 연마해온 독학파입니다. 그녀의 디저트가 예술 작품처럼 아름다운 것은 이러한 독특한 이력도 한몫합니다.

'파티스리 아사코'는 파르페뿐만 아니라 수려한 맛과 예술적인 비주얼의 케이크로도 정평이 난 곳입니다. 크레이프 또한 개성 넘치는 구성과 훌륭한 맛으로 유명합니다. 파르페는 물론 크레이프, 케이크까지 두루 섭렵하고 와야 후회가 없을 곳입니다. 과일과 각종 빙과 등으로 이룬 현란한 색과 유려한 곡선미 등 극강의 비주얼을 자랑하는 파르페도 놓쳐서는 안 될 메뉴 중 하나. 야마나시현(山梨県)에 있는 슈큐자와 프루츠 농원(宿澤フルーツ農園)에서 가져오는 유기농 과일로 만들어 뛰어난 맛을 자랑합니다.

주소 世田谷区等々力4-4-5
찾아가는 법 전철 도큐오이마치센(東急大井町線) 도도로키(等々力)역 2번 출구에서 도보 4분. 또는 오야마다이(尾山台)역 1번 출구에서 도보 5분
홈페이지 http://www.a-patisserie.com/
구글 키워드 Asako Iwayanagi

손끝에서 탄생하는 도쿄의 꽃,
화과자

화과자가 거쳐온 주요 시기를 일반적으로 세 시기로 나누어서 봅니다. 8세기경 당나라의 영향을 받은 '당과자(唐菓子) 시대', 16세기 중반부터 유럽의 영향을 받은 '남만과자(南蛮菓子) 시대', 16세기 전후로 일본에서 태어난 '교과자(京菓子, 교토 발상 화과자) 혹은 에도과자(江戸菓子, 에도 발상 화과자) 시대'입니다. 하지만 시대와 종류를 막론하고 화과자를 관통하는 재료가 있습니다. 바로 팥, 찹쌀가루(餅粉), 백옥분(白玉粉, 찹쌀을 가공한 가루)입니다. 즉 이 세 가지 재료의 무한 변주가 화과자라 해도 과언이 아닙니다.

화과자 종류는 크게 생과자(生菓子, 주로 수분이 많은 팥소를 사용한 화과자의 총칭), 반생과자(半生菓子, 생과자와 건과자의 중간으로 다소 보존성이 있는 화과자의 총칭), 건과자(干菓

子, 수분이 20% 이하인 딱딱한 화과자의 총칭)로 나뉩니다. 생과자 중 일본인에게 가장 친근한 것은 만주(饅頭)입니다. 만주는 밀가루, 쌀가루 등으로 반죽한 피에 팥소 등을 넣어 쪄내는데, 그 한자를 우리 식으로 읽으면 '만두'가 됩니다. 이름에서도 알 수 있듯이 그 시초는 본래 고기가 든 만두였습니다. 14세기 중반 원나라 유학을 마친 일본 승려와 함께 건너왔던 송나라의 만두 장인 임정인(林淨因)이 육식이 금지된 승려들을 위해 속재료를 팥소로 바꾼 것이 만주의 시작입니다.

운치 있는 전통 다실이나 모던한 와 카페(和カフェ, 일본 전통의 분위기를 현대적으로 풀어낸 화과자 카페)에서, 혹은 고풍스러운 전통 가옥이나 대를 이어온 질박한 화과자점에서 빼어난 맛의 화과자를 꼭 음미해 보시기 바랍니다.

By92 추천

도쿄 화과자

맛집

긴자와카마쓰

銀座若松

앙미쓰(餡蜜, あんみつ)는 미쓰마메(みつまめ, 규히, 한천, 백옥 경단, 삶은 붉은 완두콩, 귤, 복숭아 등을 담고 당밀이나 흑밀을 뿌린 것)에 팥소나 삶은 밤 등을 올린 것으로, 1930년 도쿄에서 처음 등장했습니다. 앙미쓰의 핵심 재료인 미쓰마메는 에도 시대부터 아이들의 간식거리였습니다. 이것이 어른들도 즐기는 먹거리가 된 것은 아사쿠사의 화과자점 후나와(舟和)가 1903년 처음 선보인 이후입니다. 바로 그 미쓰마메에 팥소와 흑밀(黑蜜, 흑당을 녹여 진하게 끓인 것)을 올린 앙미쓰를 처음으로 고안한 집이 바로 단팥죽집이었던 긴자와카마쓰입니다. 지금처럼 달콤한 먹거리가 넘쳐나지 않았던 시절, 단맛에 대한 갈증이 있던 단골들로부터 '좀 더 달달한 것이 먹고 싶다'는 요청이 이어지자, 2대 주인장인 모리 한지로(森半次郎)가 고안한 메뉴가 앙미쓰입니다.

긴자와카마쓰의 앙미쓰는 팥소에서부터 노포의 품격이 드러납니다. 설탕이 꽤 들어갔음에도 단맛이 과하지 않고, 부드럽게 삶아낸 팥소의 결이 곱디고우니 목에서 스르르 넘어갑니다. 팥소는 홋카이도의 도카치(十勝)산 팥, 한천은 이즈미야케(伊豆三宅)산 우뭇가사리, 흑밀은 흑당(黑糖, 사탕수수 즙을 졸여서 만든 흑갈색 함밀당으로 브라운슈거와는 다른 것) 중 극상품이라는 아마미오시마(奄美大島)산을 사용하는 등 엄선된 재료만을 고집합니다.

대표 메뉴는 '원조 앙미쓰(元祖あんみつ)'. 화과자 두 가지를 골라 앙미쓰와 함께 먹는 '앙미쓰 3점 세트(あんみつ三点セット)'도 인기 메뉴입니다. 와라비모찌(わらび餅, 전분·물·설탕으로 반죽한 화과자로, 콩가루나 흑밀을 뿌려 먹음)와 미타라시당고(みたらし団子, 간장·설탕 등을 섞은 소스를 바른 경단) 등 일곱 가지 화과자 중 좋아하는 것 두 개를 골라 앙미쓰에 곁들일 수 있습니다.

주소　中央区銀座5-8-20 銀座コア 1F
찾아가는 법　긴자센, 마루노우치센, 히비야센(銀座線, 丸の内線, 日比谷線) 긴자(銀座)역 A4 출구와 직결된 빌딩(긴자코어 지하 1층)에 위치
홈페이지　http://ginza-wakamatsu.co.jp/
구글 키워드　Ginza wakamatsu

시오세 소혼케

塩瀬総本家

시오세 소혼케는 만주를 처음 만든 임정인의 후손이 이어가고 있는, 일본에 현존하는 가장 오래된 화과자점입니다. 700년 가까이 한결같은 맛을 이어온 이 집의 시오세만주(志ほせ饅頭)는, 만주 중에서도 조요만주(薯蕷饅頭)에 속합니다. 조요만주란 참마와 쌀가루로 반죽한 피에 팥소를 넣고 빚어서 쪄낸 만주입니다. 기계의 힘을 전혀 빌리지 않고 처음부터 끝까지 오로지 손으로만 만들었다는 게 믿기지 않을 만큼 팥소도 피도 결이 아주 곱습니다. 얇으면서도 적당히 찰진 피, 보드라운 팥소의 깔끔한 맛에서 기품마저 느껴집니다. 이 팥소는 일본을 대표하는 곡창지대인 도카치 평야(十勝平野, 홋카이도에 소재)의 오토후케초(音更町)에서 나는 팥으로만 만들어집니다. 오토후케초는 화과자 장인이라면 반드시 이곳 팥을 고집할 만큼 팥의 명산지로 정평이 난 곳입니다. 일본 사람들이 결혼, 창업, 졸업 등의 경사에 먹는 코하쿠만주(紅白饅頭)도 이 집이 원조. 맛도 맛이지만 은은한 핑크색과 흰색으로 나누어져 있어 골라먹는 재미가 있습니다.

일본 각지에 수많은 만주가 있지만, 수백 년 된 레시피로 변함없는 인기를 누리고 있는 이 집 만주의 맛을 모르고는 만주 본연의 맛을 보았다고는 할 수 없습니다. 화과자 만주의 진면목이 궁금하다면 필히 방문해야 할 곳. 다실도 있고 포장 제품도 팔지만, 데파치카(デパ地下, 백화점 지하)나 공항 면세점에서도 살 수 있습니다.

주소　中央区明石町7-14
찾아가는 법　지하철 히비야센(日比谷線) 쓰키지(築地)역에서
　　　　　　　도보 8분. 또는 유라쿠초센(有楽町線) 신토미초
　　　　　　　(新富町)역에서 도보 9분
홈페이지　https://www.shiose.co.jp/
구글 키워드　shiose sohonke Main Store

쓰보야 소혼텐

壺屋総本店

모나카는 찹쌀 반죽을 아주 얇게 펴서 바삭하게 구운 과자 껍질 안에 콩소, 팥소 등을 넣고 봉한 과자입니다. 헤이안 시대(平安時代, 794~1185)에 처음 등장해 에도 시대에 과자의 한 종류로 그 위상과 이름을 굳혔습니다. 다케무라 이세(竹村伊勢)라는 화과자 장인이 둥근 모양의 센베이(煎餅, 전병)로 모나카를 만들기 시작하면서 대중에게도 널리 퍼지게 된 화과자입니다.

1600년대에 창업한 모나카의 명가 쓰보야 소혼텐은 도쿄 토착 브랜드로는 가장 오래된 화과자점입니다. 가게의 낡은 외관에서부터 역사가 느껴지는 이곳에 '쓰보야'라는 옥호가 붙게 된 데에는 사연이 있습니다. 에도 시대에는 지금과는 달리 흑설탕을 많이 썼는데, 그 특유의 떫고 쓴맛을 없애는 '아쿠누키(あく抜き, 떫고 쓴맛을 우려 낼 목적으로 물에 담그는 것)'라는 비법을 대외비로 하는 화과자점이 많았습니다. 쓰보야는 흑설탕의 아쿠누키가 끝나면 반드시 '쓰보(壺, 항아리)'에 고이 간직해 두었는데, 이것이 가게 이름(쓰보+야, 항아리+집)으로 이어진 것입니다.

고품질 자라메(ザラメ, 싸라기 설탕)로 약간의 단맛을 낸 향기로운 팥소, 오직 찹쌀만으로만 빚는 고소한 외피의 조화가 일품입니다. 쓰보야의 모나카는 독특하게도 앙증맞은 항아리 모양입니다. 외피에 'つぼや(쓰보야)'를 음각으로 새겨 넣은 것도 특징. 모두 수작업으로 모나카를 만들며, 400년째 같은 레시피로 동일한 맛을 냅니다. 흰색 외피의 고시앙(こし餡, 체로 곱게 거른 팥소) 모나카, 갈색빛 외피의 쓰부앙(つぶ餡, 으깨지 않은 팥소) 모나카, 에도 시대부터 있었고 가게의 상징으로도 쓰이는 '쓰보쓰보(つぼつぼ) 고시앙'을 추천합니다.

주소 文京区本郷3-42-8
찾아가는 법 지하철 마루노우치센(丸の内線) 혼고산초메(本郷
            3丁目)역에서 도보 6분. 또는 지요다센(千代田線)
            유시마(湯島)역에서 도보 6분
홈페이지 http://www.tsuboya.net/
구글 키워드 Tsuboya Sohonten

화과자 전문 찻집,
감미도코로(甘味処)

도쿄 거리를 걷다 보면 심심찮게 '甘味処(감미도코로)'라는 한자가 적힌 간판을 볼 수 있습니다. 감미도코로란 화과자와 오차 등을 앉아서 즐기는 일본 전통 다실을 뜻하는데, 중세와 근세 사이에 흥했던 휴게소 '차야(茶屋)'가 그 원형입니다. 먼 옛날, 일종의 역참에 해당하는 슈쿠바(宿場)나 고갯길 등에 위치한 차야가 차와 화과자를 내주는 다실의 기능을 했는데, 훗날 이것이 다양한 형태로 바뀌었습니다. 그중 보통 사람들의 다실로 자리 잡은 것이 감미도코로입니다.

옛 모습을 그대로 간직한 차야는 그리 많이 남아 있지 않지만, 일본적 정서를 물씬 풍기는 감미도코로라면 도시 구

석구석 건재합니다. '긴자와카마쓰', '하쓰네' 등의 노포 화과
자점들도 모두 감미도코로에 속합니다. 이렇게 고풍스러운
느낌을 간직한 노포 감미도코로도 있지만, 현대적인 일본 느
낌을 살린 와 카페로 진화한 감미도코로도 도시 곳곳에 있
습니다. 어떤 형태의 감미도코로든 명물 메뉴 하나둘쯤은 지
니고 있습니다. '와 스위츠(和スイーツ, 일본 디저트)'의 진수를
맛보고자 한다면 반드시 가야 할 곳입니다.

By92 추천

도쿄

감미도코로

사쿠라이 바이사 켄큐조

櫻井焙茶研究所

본래 화과자란 오차와 짝을 이룰 때 더 빛을 발하는 법. 사쿠라이 바이사 켄큐조(이하 '사쿠라이')는 화과자에 곁들일 오차에 심혈을 기울인 곳입니다. 혹시 차에 주력하여 화과자의 맛이 덜하지는 않을까 우려할 필요는 없습니다. 베테랑 다인(茶人, 다도를 즐기거나 차를 만드는 사람)이 오차와의 상성을 잘 가려서 만든 화과자가 있는 곳이니까요. 화과자와 오차가 일으키는 맛의 시너지를 잘 아는 사람이면 '유레카'를 외칠 곳입니다.

은은한 오차의 향이 맞이해 주는 사쿠라이는 생긴 지 그리 오래되진 않았습니다. 2014년 니시아자부에 문을 열었다가 2016년 미나미아오야마의 모던한 빌딩 5층으로 자리를 옮긴, 비교적 신생에 속하는 곳입니다. 도쿄에 수많은 일본 차 전문점이 있지만, 이곳처럼 고층에서 8석이 전부인 아늑한 분위기의 카운터에 앉아 오차와 화과자를 즐길 수 있는 곳은 흔치 않습니다. 눈앞에서 펼쳐지는 다인의 섬세하고도 우아한 동작 하나하나를 응시하면서 공정마다 변화하는 오차의 향에 취하는 일은 여행자에게 아주 특별한 경험입니다.

감미로운 맛과 쌉싸름한 맛의 균형이 좋은 '교쿠로(玉露, 햇빛을 제한해 키운 최고급 센차)', 쌉싸름한 맛이 짭조름하면서 달달한 화과자와 궁합이 잘 맞는 '센차(煎茶, 햇빛을 차단하지 않고 키운 새싹을 섬세하게 가공한 차)' 등 다양한 일본 차가 있는데, 이 중에서 즉석에서 갓 볶은 찻잎을 우려서 따라주는 '호지차(ほうじ茶, 하급 센차나 반차를 센 불에 볶아 구수하고 독특한 향을 낸 오차)'의 향미가 유난히 좋습니다. 몇 번 우려내느냐에 따라 맛과 향이 달라지는 차를 차례로 음미할 수 있는데, 차를 잘 모르는 아마추어도 정통 오차 맛의 세계를 경험하는 호사를 누릴 수 있습니다.

주소 港区南青山5-6-23 スパイラルビル 5F
찾아가는 법 지하철 긴자센(銀座線)이나 한조몬센(半蔵門線),
지요다센(千代田線) 오모테산도(表参道)역 B1 지상 출구에서 도보 3분
홈페이지 http://www.sakurai-tea.jp/
구글 키워드 Sakurai Japanese Tea

고소안

古桑庵

고민가(古民家, 오래된 민가)에 자리한 감미도코로는 외국인뿐 아니라 일본인에게도 특별한 낭만을 주는 곳입니다. 일년 내내 손님이 끊이지 않는 고민가 감미도코로 고소안 역시 그렇습니다. 세월의 흔적이 역력한 고옥 안으로 들어가면 먼저 콤콤한 다다미 특유의 냄새가 맞이해 줍니다. 다다미방 바닥에 세이자(正座, 무릎을 꿇고 단정히 앉음)하고 바깥, 즉 중정을 내다보며 천천히 오차와 화과자를 음미하는 것이 정석. 곳곳에 놓인 전통 인형, 다실을 만들었던 선대 주인장이 수집한 골동품, 그리고 가지런히 정돈된 중정 안쪽의 석등 등을 천천히 눈으로 쫓다 보면, 일본에 와있음을 새삼 실감하게 됩니다.

가장 추천하는 메뉴는 '맛차 젠자이(抹茶ぜんざい, 말차 단팥죽)'입니다. 나무 쟁반에 맛차 젠자이와 호지차(ほうじ茶, 녹차 잎을 센 불에 볶아 만든 차)가 함께 나오는데, 선명한 연두 빛깔의 맛차 안에 시라타마(白玉, 찹쌀 경단)와 단팥이 숨어 있습니다. 쌉싸름한 맛차와 단팥, 시라타마를 차례로 얼려서 먹으면 고단함이 저절로 사라집니다. 마지막에 오쿠치나오시(입가심)로 딸려나온 '우메곰부(梅昆布, 곰부에 말린 매실 과육이 혼합된 것)'를 먹고 호지차 한 모금을 마시면 입안이 한결 개운하게 마무리됩니다.

대기 줄이 길지만, 대기하면서 툇마루에 걸터앉아 깊고 아늑한 중정을 바라보는 호사를 누릴 수 있습니다. 기다리는 시간이 좀 길어진다 한들 중정과 한 몸이 되어 나른한 기분에 젖다 보면, 오히려 여기에 앉을 수 있어 행운이라는 생각마저 듭니다.

주소　目黒区自由が丘1-24-23
찾아가는 법　전철 도큐토요코센(東急東横線) 지유가오카(自由が丘)역에서 도보 6분. 또는 오이마치센(大井町線) 지유가오카역에서 도보 6분
홈페이지　http://kosoan.co.jp/index.html
구글 키워드　코소안

와가시 쿤푸

和菓子薰風

모던한 화과자와 전통 일본주의 마리아주. 이것만으로도 벌써 구미가 확 당기는 이곳의 이름은 '와가시 쿤푸(2012년 오픈)'. 한적한 주택가 한편의 소박한 공간이지만, 개성만점 화과자와 향미 그윽한 일본주의 조화는 도쿄 사람들뿐 아니라 지방의 화과자 마니아까지 불러들일 만큼 인기인데요.

개발하는 마카나이(まかない, 남은 재료로 만드는 주방직원용 먹거리)마다 판매 메뉴로 채택되고 큰 수익을 낼 만큼 식재료 조합에 일가견이 있는 쓰쿠다 사치코(つくだ さちこ)가 오너 셰프입니다. 프렌치 식당, 갓포 요리점(割烹料理店, 고급 와쇼쿠를 즉석에서 만들어 내주는 식당) 등에서 일할 때, 와인을 편애하는 신세대의 마음을 매력적인 일본주의 세계로 끌어오고 싶었다는 그녀. 그래서 일본주와 최적의 페어링으로 선택한 것이 화과자입니다. 이 화과자를 아마토(甘党, 달달한 것을 좋아하는 사람)가 아니어도 좋아할 당도로 조절한 것이 묘수이지요.

푹신하게 구워낸 '레몬 도라야키(レモンどら焼き, '도라야키'는 카스텔라 반죽의 둥근 빵 2장에 팥소를 넣은 전통 화과자)', 카다멈(생강과에 속하는 향료 식물) 등으로 스파이시한 맛을 낸 '스파이스 노 시로 요오캉(スパイスの白羊羹)' 등에 셰프 추천 '드라이한 풍미의 일본주'를 더하면 그야말로 화과자 맛의 신세계가 열립니다. 각지의 구라모토(蔵元, 양조장)에서 찾아낸 일본주 셀렉션만 30~40종이라고.

주소 文京区千駄木2-24-5
찾아가는 법 지하철 치요다센(千代田線) 센다기(千駄木)역 1번
출구에서 도보 3분
홈페이지 http://wagashikunpu.com/
구글 키워드 Wagashi Kunpu

호쿠사이사보

北斎茶房

도쿄 외곽에는 에도 시대 시타마치(下町)의 풍정이 서린 곳이 적잖이 남아 있습니다. 도쿄 동쪽에 위치한 스미다(墨田)구의 번화가 '긴시초(錦糸町)'도 그중 하나. 시타마치란 본래 쇼쿠닌(職人, 장인)과 상인이 상권을 이루며 모여 살던, 가장 보통의 사람들이 가장 보통의 삶을 일궈온 곳을 말합니다. 그런 시타마치 풍경에도 빠질 수 없는 것이 감미도코로. 노포가 많은 긴시초에서 비교적 신생(2003년 오픈)인 호쿠사이사보는 멀리서도 찾아올 만큼 인기가 높은 맛집입니다. 긴시초역에서 10분쯤 걸으면 짙은 밤색 나무 문틀과 새하얀 노렝(暖簾, 포렴)이 선명하게 대비된 고풍스러운 공간이 나타납니다. 나가야(長屋, 예전 공동주택)의 창고를 개조한 곳인데, 특유의 길다란 공간과 높은 천장이 탁 트인 느낌을 주어 그리 크지 않은 공간임에도 시원한 개방감이 있습니다. 의자 좌석과 다다미방이 있는데 특이하게도 화과자를 만드는 장인들이 직접 서빙까지 합니다.

메뉴판에는 시선을 끄는 메뉴가 있습니다. '화(和, 일본)와 양(洋, 서양)의 조화'라 해야 마땅할 '기나코 크레이프(きな粉クレープ)'가 바로 그것. 고소한 기나코(きな粉, 콩가루)와 함께 반죽된 크레이프 안에 보드라운 와라비모찌와 바닐라아이스가 들어 있고, 크레이프 위로 따뜻한 팥소 소스가 뿌려져 있는데 절묘하게 어우러진 맛이 일품입니다.

과거엔 시타마치였던 긴자, 니혼바시 등의 옛 모습이기도 한 이런 동네를 터벅터벅 걷다가 노렝을 젖히고 들어가 유유히 티타임을 누리기에 좋은 곳입니다. 여행자들은 대개 긴시초에 당도하면 대도시를 조망할 명소 스카이트리(スカイツリー)로 직행하는 경우가 많지만, 이 동네에는 이렇게 유유자적하며 즐길 수 있는 감미도코로가 꽤 많이 있다는 것을 잊지 말기를.

주소　墨田区亀沢4-8-5
찾아가는 법　JR소부센(JR総武線) 긴시초(錦糸町)역 북쪽 출구(北口)에서 도보 10분
구글 키워드　Hokusai Sabo

손님은 왕이다?

일본의 '접객 문화' 하면 쉬이 떠올리는 것이 '마음을 다하는 극진한 대접', 즉 '오모테나시(お持て成し)'라는 말입니다. 초지일관 미소 띤 얼굴, 상냥한 어조, 깍듯한 겸양어 구사, 손님의 입장에서 생각하고 응대하는 자세 등은 일본의 거의 모든 매장에서 보게 되는 공통된 풍경이라고 할 수 있습니다. 때로는 황송할 정도로 대접이 융숭하여 지불한 것 이상의 만족감으로 기분 좋게 가게를 나서게 되는 경우가 많습니다. 그러나 손님에게 마냥 관대할 것만 같은 일본의 매장을 조금만 더 자세히 들여다보면, 의외로 엄격한 접객 원칙을 천명해 둔 곳이 많은 것을 알 수 있습니다. 그다지 눈에 띄게 써

놓지는 않았지만, 벽면 한 귀퉁이에 제법 까다로운 운영 원칙을 적어 놓은 곳이 많습니다.

'다른 손님에게 폐가 되지 않게 유모차는 반드시 접어서 입장해주시기 바랍니다', '반드시 1인당 1메뉴 주문을 부탁 드립니다', '죄송하오나 현금 지불만 가능합니다', '1시간 또는 90분 이상의 체류는 정중히 사양합니다', '기준 시간 이상 체류 시 1인당 1메뉴 추가 주문을 부탁 드립니다' 등 꽤나 깐깐하고 세세한 요청이 덧붙여집니다. 대개 정갈한 붓글씨체로 쓰여져 있는데, 부드러운 문체와 달리 단호한 의지의 표명으로 느껴지기까지 합니다. 실제로 체류 시간을 넘긴 손님의 테이블로 조용히 다가와 '미소 띤 얼굴로 정중히' 나가달라는 청을 하기도 합니다. 어쩌면 이것이 '손님은 왕이다'라는 문구에 가려진 일본 매장의 진짜 모습일 수도 있습니다. 극진한 접객 문화의 이면에는 사실 '친절을 다하되 원칙을 지키겠다'는 확고한 의지가 숨어 있는 것입니다.

일본 접객 문화의 상징이 되다시피 한, '손님은 왕이다 (お客様は神様です, 본래는 '손님은 신'이란 뜻)'라는 표어는 애초에 상인들로부터 나온 말이 아닙니다. 한 시대를 풍미한 미나미 하루오(三波春夫)라는 엔카(演歌, 일본적 애수를 띤 가요) 가수가 1961년 한 잡지와의 대담에서 "무대에 임할 때마다 몸과 마음을 재계하여, 청중을 신처럼(왕처럼) 여기고 기도하는 마음으로 노래한다"고 말했는데, 이 말이 '손님은 왕이다'로 축약되어 세간에 퍼지게 된 것입니다. 상인들에게는 '설령 신

(혹은 왕)이 가게에 손님으로 오셨다 하더라도 거리낌이 없을 정도로 매장 구석구석을 깨끗이 하고 정직하게 장사하되, 정성을 다해 접대한다'는 뜻을 담은 경구로 자리 잡게 된 것으로, '손님이 왕'이란 뜻은 아닙니다.

아무리 '남에게 폐를 끼치지 말자'는 정서가 강한 일본이지만 사람 사는 세상은 어디나 비슷합니다. 손님은 왕이라는 말의 피상적인 뜻만 강조되어 '손님은 왕이니 어떤 요구를 해도 괜찮다'는 잘못된 의미로 해석하고 막무가내로 행동하는 경우가 생겨나다 보니, 상인과 고객, 또 고객과 고객 간의 존중이 필요함을 간접적으로 시사하는 글귀가 등장하게 된 것입니다. 시간 제한이나 주문 방법 등 경영상의 효율을 꾀하기 위한 문구까지 당당히 들어가 있는 것은 적정 이윤을 내야만 운영될 수 있는 매장임을 솔직하게 드러내고 협조를 구하는 것일 텐데, '지불한 만큼의 서비스를 제공하겠다'는 영악한 셈법에 이의를 다는 분위기가 아니니 가능한 일이기도 합니다.

실제로 일본 사람들은 고가의 술집이나 레스토랑이 아닌 일반 카페나 깃사텐, 대중식당 등에 수 시간씩 머무르는 경우가 드뭅니다. 서로 준 만큼 받고 받은 만큼 준다, 즉, 철저한 '기브 앤드 테이크(Give and Take)'야말로 어찌 보면 일본 상인들의 진정한 속내이자, 손님에게도 주입된 의식인 거죠.

우리가 막연히 이해하고 있는 '일방적 친절함'과는 달리, '상호존중'을 기어이 챙기고자 하는 일본의 모습은 조금만 관심을 갖고 들여다보면 금방 시야에 들어옵니다. 특히, 인기 있는 매장일수록 반드시 등장하는 것이 앞서 말한 안내문입니다. 유명 화과자점이나 카페, 케이크 가게 등에 유독 많은데, 노포 화과자점 '긴자와카마쓰'도 예외가 아닙니다. 알고 보면 '무한 오모테나시'가 아니라, 합리적으로 계산된 상호존중과 경영 원칙을 함께 추구한다는 것. 모르고 지나치기 쉽지만 일본 접객 문화의 한 단면임에 틀림없습니다.

오모이야리의 다른 말,
증답

'폐를 끼치지 않는 것(迷惑をかけない)' 또는 '오모이야리(思いやり, 배려)'를 중요한 미덕으로 삼는 일본 사람들은 어딘가를 방문할 때 거의 빈손으로 가지 않습니다. 순수하게 선물하는 마음도 있지만, 남의 공간을 방문하는 것은 폐를 끼치는 미안한 입장이니 선물을 준다(뭔가를 지불한다)는 의미가 큰데, 이렇게 선물을 받게 되면 그에 대한 답례로 선물을 준 사람에게 다음 기회에 다시 또 선물을 하는 것이 보통입니다.

이렇게 선물을 주고받는 것을 '증답(贈答)'이라고 하는데요. 노포 과일 전문점 '센비키야'는 이런 증답 문화를 토대로 '고급 증답품(贈答品)'의 대명사로 불리며 성장해온 회사입니다. 일본은 어딘가를 방문할 때뿐만 아니라, 감사·축하·격려·위로 등의 마음을 담아 연말연시나 중추절·결혼·취직·졸업·은퇴 등에 선물을 주고받는 증답 문화의 뿌리가 무척 깊은 사회인데, 일본의 증답품 시장은 무려 105조여 원(2017년 야노경제연구소 데이터)에 이릅니다.

센비키야는 이런 시장에서 증답 전용 최고급 과일세트를 기획·판매하며 승승장구해왔습니다. 단순히 과일을 파는 과일상이 아닌, '최고급 과일'에 '공예에 가까운 패키징'을 더해 부가가치를 한껏 끌어올림으로써 독보적인 자리를 굳혀 온 것입니다. 형형색색 과일 특유의 화려함을 돋보이게 하고 가지런하면서도 감각적인 배열, 여기에 심플하지만 멋스러운 박스와 전통 끈(紐)이나 전통 후로시키(風呂敷, 보자기) 등을 근사하게 조화시킨 '최고급 증답품'이 센비키야를 상징하는 이미지입니다.

그런데, 도쿄 시내의 백화점이나 특정 매장 등에 가 보면 고가·저가, 또 브랜드나 장르를 막론하고 이러한 증답용을 타깃으로 한 제품이 참 많이 나와 있습니다. '증답용'이라고 따로 써있기도 하고 그렇지 않기도 한데, 대략 1,000~5,000엔대의 크게 부담이 안 될 가격대의 제품이 이러한 니즈를 염두에 둔 제품들이라고 보면 됩니다. 어딜 가나 계산 시 반드시 선물용이냐고 물어오는 것도, 증답이 워낙 보편화되었기 때문입니다.

이렇게 소소하게 선물을 주고받는 시장이 100조 원을

넘는 것은, 합리적인 가격대이지만 선물로 받으면 기쁜 제품들이 브랜드마다 반드시 다양하게 기획되어 있기에 가능한 것이기도 합니다. 과일 제품으로서는 최고급이라는 센비키야만 해도 1,000엔대부터 출발하여 9만 엔대까지 고루 상품을 갖춰 놓았습니다. 형편에 따라 적절한 제품을 선물할 수 있도록 안배한 것입니다. 한편 1,000엔이면 우리 생활 감각으로는 대략 1만 원의 가치가 있는 것인데, 지불한 것에 비해 돌아오는 만족감이 큰 제품이 무척 많은 것도 증답 문화를 한층 꽃피우게 하는 요소라고 할 수 있습니다. 나리타(成田)나 하네다(羽田) 등 공항 면세점의 과자 코너를 보아도 500엔에서 1,000엔대를 오가는 가격대가 주를 이루지만, 품격 있는 패키징으로나 빼어난 맛으로나 주는 마음도, 받는 마음도 모두 행복해지는 제품 일색입니다.

도쿄판 서래마을,
가구라자카

가구라자카 일대를 걸으며 도쿄판 서래마을을 감상해 보는 것도 여정에 잔잔한 즐거움을 더할 수 있는 방법입니다. 이곳은 번화가가 아닌 주택가임에도 롯폰기, 아오야마 등과 함께 도쿄에서 손꼽히는 미식타운 가운데 하나입니다. 프렌치 레스토랑 르 망제 투(Le Mange-Tout), 일본 요리점 이시카와, 고하쿠 등 미쉐린 별을 단 식당도 많고 골목을 한 번 꺾을 때마다 맛집이 나옵니다. 합리적인 가격대의 비스트로나 바, 맛있는 디저트 숍 등도 많으니 미식가가 사랑할 수밖에 없는 동네입니다.

가구라자카는 20세기 초만 해도 고급 요정과 유곽이

포진한 거리였습니다. 이는 고도 성장기인 1960년대까지 이어졌고, 수많은 고급 일본 요리점이 탄생하는 기반이 되었습니다. 한때는 밀실 정치가 그 수요의 절반을 채웠고, 료칸에 장기 투숙하며 창작 활동에 몰두하던 문인·예술가들이 많았던 점, 이들을 따라 인쇄소·출판사들이 줄지어 들어왔던 점 등도 이 지역 식당을 번성하게 한 요인입니다.

이곳이 미식으로 번성하게 된 또 하나의 중요한 계기는 20세기 초 프랑스 대사관이 이 지역에 들어선 것인데(현재는 미나미아자부로 이전), 훗날 프랑스 국영 학원이 들어오고 자연히 프랑스인 주재원들의 밀집 주거 지역이 되면서, 이를 겨냥한 프랑스 요리점이 속속 문을 열었습니다. 차츰 다양한 종류의 음식점이 가세하면서, 노포부터 최신 먹거리까지 다양한 선택지가 있는 동네가 되었고, 여느 동네 못지않은 인기를 누리는 미식 특구로 자리매김하게 된 것입니다.

동네 본연의 예스러운 풍정은 메인 거리 양옆으로 이어지는 좁다란 골목길 안쪽에 있습니다. 이시다다미(石畳, 납작한 돌을 깐 길)라고 불리는 돌길이 미로처럼 얽혀 있는데, 이 돌길과 완만한 언덕길이 파리 몽마르트를 연상시킨다고 해서, 도쿄 주재 프랑스인들 사이에선 이곳을 '프티 몽마르트'라고 부르기도 합니다.

골목 깊숙이 들어가면 옛날 문인들이 숙식했었다는 료칸, 여전히 명맥을 이어가는 노포 일본 요리점 등을 만나게 되니 걷는 재미가 쏠쏠합니다. 큰길에는 크고 작은 슈퍼마켓이나 가게, 선물로도 사기 좋은 유명 화과자점 등이 여기저기 있어 여행자의 장바구니를 채우기에도 좋습니다. 프랑스인과 유럽 국가 사람들이 많이 살고 있는 지역의 특성상 그들의 입맛에 맞춘 식료품 가게나 빵집이 있는 것도 이 동네의 매력. 기성제품이 아닌 직접 만든 식료품을 파는 식료품 전문점에서 치즈, 주스, 요리 등 수제품 하나하나를 들여보다 보면 시간 가는 줄 모릅니다.

주민들에게 오랫동안 사랑 받아 온 깃사텐과 밥집도 있고, 트렌디한 공간도 있는 이곳을 찾는 여행자의 발길은 점점 늘고 있습니다. 이왕 도쿄에 갔다면 미식 특구 가구라자카를 탐험하는 즐거움을 놓치지 않기 바랍니다.

찾
아
보
기

먹는 것에 진심인 당신을 위한
미식 이야기

도쿄에선 단 한 끼도
대충 먹을 수 없어

초판 1쇄 인쇄 2023년 5월 11일

지은이	바이구이(by92)
발행인	박장희
부문 대표	정철근
제작 총괄	이정아
편집장	조한별
파트장	문주미
편집	허진
마케팅	김주희 김미소 한륜아 이나현
디자인	여만엽
발행처	중앙일보에스(주)
주소	(03909) 서울시 마포구 상암산로 48-6
등록	2008년 1월 25일 제2014-000178호
문의	jbooks@joongang.co.kr
홈페이지	jbooks.joins.com
네이버 포스트	post.naver.com/joongangbooks
인스타그램	@j__books

ISBN 978-89-278-7978-7 03810